當代商神

9

今世五霸

何常在——著

目錄
Contents

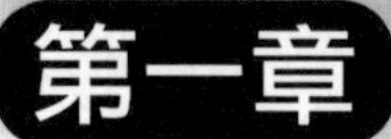

第一章

財富神話

「哦？」范長天微帶驚訝地看了商深一眼，
「商深，如果你的一二三和七二四能夠像OICQ一樣普及，
你的公司也許也會被國外的資本收購，也上演一齣讓人震驚的財富神話。」
「算了吧！」許施對范長天的話嗤之以鼻。

如果說在深圳商深最不想見到的人只有一個的話，那麼許施首當其衝。倒不是說商深不敢見她，而是不想面對許施那張勢利、冰冷以及居高臨下的嘴臉。

「你怎麼在這裡？誰邀請你來的？你不知道這裡是高端聚會，閒雜人等不能入內的嗎？」

許施還以為她看錯了，現在確認是商深無疑時，心中怒火就不可抑制的燃燒了。想起商深當年還是一個不名一文的窮小子時就敢挑戰她的權威，後來商深傷透了女兒的心，以至於讓女兒為了他遠赴北京，寧可從事不喜歡的互聯網行業也要打敗商深，歸根結底，還是心中鬱結無法平息。

許施對商深就恨之入骨，如果不是商深，女兒現在會在她的身邊，接手家族生意，在范長天的指導下，一步步成長，為最終繼承范長天名下的股份而做好準備。現在卻是一個人在北京奔波，雖然全能管家最後賣出了千萬美元的高價，也算是了不起的成功，但在許施眼中，互聯網依然是不務正業的行業。還好女兒現在轉而從事實體製造業，總算是改邪歸正了。

但讓許施惱火的是，女兒和商深分手也就算了，從北京帶回來的朋友——女兒一再強調不是男友——長相也太對不起觀眾了，讓人只看一眼就不想再看第二眼，心中就更加痛恨商深了。如果不是被商深傷得太深，女兒也不至於如此饑不擇食，居然挑了一個賣相這麼差的男孩充當備胎。

別說他不是女兒的正牌男友了，就算是當備胎，也不符合范家的身分，更不符合她的審美要求。平心而論，商深為人雖然討厭，但長相還說得過去。

許施在不願意看到畢京那副尊容的心情下，就起身四處轉轉。不料一轉之下，居然發現了一個熟悉的身影。再仔細一看，確認她沒有看錯，還真是商深，積壓許久的怒火猛然爆發。

商深面對許施咄咄逼人的攻勢，努力地笑了笑：「也許我還真是閒雜人等，不過許阿姨不知道的是，確實是有人邀請我們過來的。」

「不要叫我許阿姨。」許施冷笑著環顧四周，「整個威尼斯酒店都是我的產業，不管是誰邀請你來，我都可以請你出去。」

「可以，只要許女士開口，我們馬上離開。」

商深語氣謙和而平靜，但在平靜之中，又有一股自信。

「不過不瞞許女士，如果您真趕我們出去，明天在各大網站就會出現一條新聞——威尼斯酒店拒絕客人就餐，以只接待高端客戶為由，將客人掃地出門——您覺得這樣的負面新聞會不會影響到威尼斯酒店的聲譽呢？」

「你敢威脅我？」許施臉色大變，「不要跟我扯什麼網站，網站算什麼東西？又有多少影響力？隨便報導，我才不怕。」

此話一出，馬化龍拂然變色，向前一步：「許女士，我是企鵝電腦公司的CEO馬化龍，如果你再態度蠻橫的話，不好意思，明天企鵝的網站就會如實地報導這件事。」

商深的話沒有震懾住許施，倒不是在許施的眼中網站的影響力真的不值一提，只不過長年久居深圳的她，對於深圳以外的新聞媒體，都不以為然。企鵝是深圳土生土長的網站，推出後，儼然是深圳最受歡迎的網站，許施自己也用企鵝聊天，她在愣了片刻後，臉色微緩：「原來是馬先生，失敬，失敬。你和商深是朋友？」

馬化龍冷冷一笑：「我和商深是關係非常密切的朋友，他也是企鵝的大股東之一。許女士，如果不是有人邀請我們上來，我們還真沒有閒功夫參加你們這種無聊的聚會，互聯網世界瞬息萬變，也許在喝茶的工夫，就會錯失一個創造財富神話的時機。」

商深暗笑，他第一次見到馬化龍太極手法綿裡藏針的高超，馬化龍的言外之意是，所謂的「實體經營發展論壇前瞻會議」不過是個沒有意義的無聊會議，除了浪費時間以外，一無是處。

「話不能這麼說，剛才我就和幾個朋友談成了一筆合作。」

馬化龍話音剛落，范長天邁著方步出現在眾人面前，滿臉紅光的他狀態明顯不錯，和商深上一次相見時相比，他又發福了幾分。

「商深來啦，歡迎，歡迎。」

和許施的咄咄逼人相比，范長天的態度就溫和大度多了，他微笑著和商深握手，又和馬化龍、王向西握手道：「馬總也和商深認識？」

馬化龍曾經因資金短缺登門向范長天求助，結果被范長天委婉拒絕。他點頭說道：「認識，何止認識，還是合作夥伴。」

「哦？」范長天微帶驚訝地看了商深一眼，「商深，如果你的一二三和七二四能夠像OICQ一樣普及，你的公司也許也會被國外的資本收購，也上演一齣讓人震驚的財富神話。」

「算了吧！」許施對范長天的話嗤之以鼻，「他和葉十三鬥了很久，結果還不是輸了？不但輸了，還成就了葉十三，也算是為他人作嫁衣裳的極致了，呵呵。」

范長天和許施夫婦一唱一和，一個表面淳厚卻暗藏機鋒，一個話語輕薄且毫不留情，擺明了是要讓商深當眾難堪。

商深經過一年多的歷練，胸懷開闊許多，很有涵養地笑道：「成就他人犧牲自己，也算是偉大的事業。如果我能幫助許多個葉十三達到事業的頂峰，也是一樁美事。」

「你倒是有自知之明。」許施輕蔑地嘲笑說，又看向馬化龍，「馬總也許不太瞭解商深，商深這個人，言過其實，不可大用，你和他合作，小心好好的事業被他弄得垮掉了。」

馬化龍不以為意地說道：「我和商深的合作，不勞許女士操心。有些話也許我不該說，但我還是忍不住想多嘴一句，不知道許女士為什麼對商深這麼有偏見？如果說商深是一個言過其實不可大用的人，那麼放眼中國整個互聯網行業大概就沒有人才了。許女士作為互聯網的外行，不知道業內的許多內情。國內幾乎每一家有影響力的互聯網公司，背後都有商深的影子。」

許施一臉驚愕：「太誇張了，怎麼可能？」

「不好意思，打擾了。」

商深不想再多說下去，他的成敗是他個人的事，不想讓許施和范長天知道，也沒有必要讓他們認清自己，他朝許施和范長天微一點頭，轉身示意馬化龍和王向西離去。

剛邁步，身後卻又傳來一個熟悉的聲音。

「商總，既然來了，就不要急著走，好好坐下談一談，也許可以幫你擺脫目前的困境，就算賣不了一點二億美元，賣到一百二十萬美元，也算是可以拿得出手的成績了，不是嗎？」

聲音尖銳而尖刻，嘲諷之意一覽無餘。

不是別人，正是畢京。

商深緩緩回頭，身後幾米開外站著一男一女，男人西裝革履，頭髮油光可鑒，女人長裙曳地，微施脂粉。如果說女人的美就如一幅藝術品的話，那麼她身邊的男人就像是藝術品旁的一盆醜陋的盆景，不但不協調，還破壞了整體美感。

范衛衛和畢京！

畢京的出現已經讓商深夠吃驚了，而畢京身邊的女孩居然是范衛衛，就更讓他無比震驚了。這麼說，范衛衛正式接受了畢京，畢京是以范衛衛男朋友的身分出席這場聚會了？

雖然他和范衛衛劃清了關係，但商深還是為范衛衛最終和畢京走到了一

起而痛心，在他的潛意識裡，畢京能夠贏得范衛衛的芳心，多少有他的原因存在，否則以范衛衛的驕傲，她連認識畢京的興趣都沒有。

馬化龍和王向西對視一眼，心裡不約而同地想，事情越來越複雜了，說不定邀請商深參加會議的人，正是畢京。

商深眼神複雜地看了范衛衛一眼，范衛衛目光淡然，彷彿商深只是一個無關的路人一樣，他將目光落在畢京的臉上：「人生無處不相逢，畢京，沒想到我們在深圳也能遇到，真是奇蹟。」

「我們遇到不算奇蹟，你的一二三和七二四能起死回生才算是奇蹟，哈哈。」畢京見商深有意避開剛才的話題，故意引了回來。

「對了商總，剛才我和一個來自美國的投資商聊了幾句，他手中有資金正在尋找投資項目，雖然資金不是很多，才一百二十萬美元，但對你來說也算是一筆鉅款了，要不要我幫你引薦一下？如果成了，你可要請我吃飯呀。」

商深哈哈一笑：「真能促成，別說請你吃飯了，請你出國旅遊都不成問題。不過不好意思，一二三和七二四既沒有出售的計畫，也暫時不會融資。在我看來，賣掉自己的公司或是融資，現在的時機都不是最好的選擇。」

范衛衛對商深和畢京的交鋒保持著冷眼旁觀的態度，似乎他們之間的刀光劍影和她毫不相干一樣。

「哦？」商深的話引起了范長天的興趣，范長天用手一指身旁的座椅，「你的觀點有點意思，來，坐下聊聊。」

幾人落座之後，氣氛微有幾分尷尬，馬化龍和王向西分別坐在商深兩旁，范長天和商深相對而坐，范衛衛和許施一左一右坐在范長天的身邊，畢京則是坐到旁邊的椅子上。

從座位的次序上可以看出，畢京和范衛衛的熟悉程度並不如商深想像中那麼密切，同時范家對他也有一定的排斥。

自始至終，范衛衛皆是一言不發，乖巧地坐在許施旁邊。

「你不覺得葉十三以一點三億美元賣出公司是很大的成功？」范長天雖然對商深也微有成見，卻很看重商深的能力，剛才商深的話和他的某些觀點不謀而合，因而想和商深深入談談。

「每個人對成功的定義不同，有人覺得只要賺到了錢就是成功，有人卻認為財富不能代表什麼，真正的成功是你擁有的影響力可以幫助多少人！財富說穿了不過是一個數字，如果財富不能發揮幫助別人的功能，其本身就沒有價值！」

商深並不是否認葉十三的公司賣到了一點二億美元不成功，只不過他和葉十三對成功的定義不同。

「以葉十三為例，公司賣了一點二億，對他來說，算是期望中了不起的成功，但在我看來，是人生的另一種失敗……」

「哧！」畢京譏笑出聲，「葡萄真是酸啊。」

商深不理會畢京的嘲諷，繼續說道：「外面公開的資料顯示是葉十三的公司連同旗下的中文上網網站以一點二億美元的價格賣給了雅虎，實際上，到帳的金額只有五千萬美元，其中七千萬以固定資產的投入以及股票方式折算，雖然葉十三和伊童依然持有一定股份，但已經失去了控股權。葉十三雖然仍擔任CEO，但伊童已經失去了董事長的職務，以後公司的發展和規劃，他們已經沒有多大的發言權，所以現在公司等於是別人的公司了。」

「至少還是股東，還保留了管理權，又賺到了錢，以後的經營和成本風險全在資方身上，這麼好的事怎麼被你一說卻成了失敗了？」許施忍不住取笑商深，「商深，你已經走火入魔了，見不得別人成功，所以千方百計尋求心理安慰和心理平衡，你真是夠了。」

馬化龍安然端坐，不過眼神中流露出來的憤怒還是暴露了他的心情，他在為商深打抱不平。王向西反倒很平靜，他目光淡然地在每一個人臉上掃過，對商深充滿了信心。

范衛衛心如止水，現在她再面對商深，已經沒有什麼感覺了。當她聽到商深否定葉十三的成功時，心中再次湧現深深的失望，確實如媽媽所說的一樣，商深真是夠了，自己不成功也就算了，還要否定別人的成功，難道否定別人就能掩飾自己的失敗？為什麼她以前沒發現商深是這樣的人？路遙知馬力，日久見人心，果然一點兒不假。

范衛衛微微動了動身子，目光不經意瞄了商深一眼，見商深依然是一副從容淡定的神態，心中的鄙夷更多了幾分，一個人最可怕的不是失敗，而是不願意承認失敗。商深已經無可救藥，他一輩子也就這樣了。

「我沒有說葉十三賣公司是失敗，我只是說他的成功不是我想要的成功。」商深聽清了許施對他的嘲諷，也注意到了范衛衛眼中對他的鄙夷，再次重申：「就算葉十三在場，我依然堅持我的觀點。雖然眼下得了實惠，但從長遠來看，得不償失。」

「說下去。」范長天微微點頭，商深的觀點深得他心，悄然朝許施使了個眼色，示意許施不要插嘴，「你覺得葉十三和眾合公司，最後會是一個什

麼結局？」

「失去了控股權後，等於是辛辛苦苦創立的公司拱手讓到他人之手，公司以後的發展方向，就由控股方說了算。控股方是外資，肯定會有自己的行事風格，從短期看，葉十三的管理方式會和資方的理念有衝突；從長遠看，資方對公司的發展規劃也會和葉十三的想法有分歧。不要小看這些，久而久之，衝突和分歧會逐漸擴大成為一條鴻溝。如果一家公司的內部不能達成統一的理念，董事會和管理層有了歧見，這家公司早晚會走向衰落。所以我大膽預測，重組後的眾合公司，葉十三身為ＣＥＯ幹得並不愉快，雖然手中握有幾千萬現金，但得到金錢卻失去了事業……」

這一次，沒人再打斷商深，所有人都被商深的話觸動了。

就連畢京也是低頭不語，然而他內心卻是大起波瀾，因為商深一語中的，準確地說出了葉十三目前的困境——重組後的公司，雖然葉十三還是擔任了ＣＥＯ，但在公司發展前景的規劃上，他不只一次和資方的理念不和，導致資方對他的信任度越來越低，資方正在逐步安插副總以及財務總監來架空他。

「不用多久，矛盾就會在集中之後爆發，到時不管是一個什麼結局，但可以預見的是，葉十三除非妥協，不，就算妥協也會被清除出局。他到時葉十三手中只有現金，或許在買房買車後，現金也所剩無幾了。錢花完了可以再賺，但付出全部心血的事業沒有了，想要東山再起，就很難了。我之前說過，一個人最大的成功不是坐擁多少財富，而是在於可以幫助多少人、影響多少人。如果要以金錢的多少來作為衡量成功的標準，那麼北京許多富二代、富三代也坐擁千萬財富，他們也算是成功人士了?他們的故事能激勵多少人奮發向上？」

有那麼一瞬間，范衛衛還真被商深的話打動了，說得也是，真正的成功並不是冷冰冰的金錢數字，而是在於你可以幫助多少人，有多少人會因為你的成功而收益，社會又會因為你的成功充滿了多少積極向上的正能量，為國家帶來了多少無形資產，而不是一個唯利是圖的商人。

「你是說，不用多久，葉十三就會以慘敗而收場？」范長天對商深的結論有幾分懷疑，「你又怎麼判定葉十三和資方的合作就一定會理念不和?說不定葉十三和資方會尋求一個平衡，然後達成共識，最終將中文上網網站發揚光大？」

「就是啊，商深，你太想當然爾了，你的一二三前景不明，就認為葉

十三的中文上網網站被收購後也會走下坡路，你的心術太不正了吧。」畢京再次向商深發動進攻。

「呵呵，我的心術不正？中文上網網站的思路才不正！目前一二三確實是暫時遇到了困境，不過困境很快就會過去，相信我，一二三脫困的時候，就是中文上網網站走下坡路的時候。不是我認為中文上網網站會走下坡路，而是市場的必然選擇。」商深回應了畢京的挑釁。

「中文上網網站依賴流氓外掛程式為手段來導入流量，在市場開發的初期，一時大出風頭，也是互聯網用戶不成熟的環境所致。等用戶成熟了，中文上網網站必然會被用戶拋棄。雅虎居然收購一家依賴惡意外掛程式的公司，由此可見雅虎的眼光也很短淺。以前我也和衛衛打賭，賭雅虎進軍中國必然會以失敗收場。從雅虎進軍中國收購中文上網網站的出手，我就更堅定了我的看法，雅虎進軍中國之後不但會失敗，而且還會慘敗。」

「你就這麼堅信中文上網網站會走下坡路？好吧，先不管中文上網網站到底會不會沒落，我倒想聽聽你的一二三網站要怎麼脫困？如果涉及到商業機密，你可以不回答，但可不可以告訴我，你的一二三會在什麼時候脫困？」

乍聽之下，商深剛才的一番話頗有道理，但都是憑空猜測，沒有事實根據，范長天努力克制自己的情緒，擺出和商深平等對話的姿態。當然了，任何對於未來的推測，都需要時間來證明，現在不管怎樣爭論也沒有意義，最終的勝負，只有等未來到來時才會知道。

「年底前，一二三就會打一個漂亮的翻身仗。」商深十分篤定地回答范長天，「同時，七二四也會崛起，中國互聯網浪潮的第一波高潮到時會創造一個高峰。」

「說得好像你有多瞭解互聯網一樣。」畢京冷笑，「一個人失敗了並不可怕，可怕的是始終欺騙自己，讓自己活在幻想之中。商深，你先是輸給我，現在又輸給了葉十三，作為一個魯蛇，還天真地以為自己有美好的明天？你真可愛，也真幼稚。」

「我什麼時候輸給你了？」

商深本來不想理會畢京，對一個人最大的輕視就是無視他，不想畢京就如蒼蠅一樣沒完沒了地在他眼前飛來飛去，他終於怒了，「你是說上次在北京，在衛衛面前我們比試誰的身家更高的那一次吧？」

「是的。」畢京洋洋自得，他很想在范長天和許施面前炫耀自己的成功，雖然他的成功在范長天眼中不值一提，但只要超越同齡人就足夠了，尤

其是狠壓商深，肯定可以博得許施更多的好感。

「你當時輸得一敗塗地，你不會忘了吧，哈哈。」

「比誰的身家更高？」馬化龍微微一愣，抬頭打量了畢京一眼，畢京長得醜也就算了，還要故意裝帥就有點讓人受不了了，他不無調侃地笑了笑，「你在哪裡高就？又從事什麼行業？」

王向西見馬化龍說得太過文雅，直接問道：「畢總做什麼大生意啊？」

畢京以為他語驚四座，震住了商深兩個沒見過什麼世面的朋友，故作謙虛地說：「不敢，不敢，生意不大，剛剛投資了一千萬美元成立了一家製造公司，三年內有望發展成製造集團，五年內上市，市值……我想應該在二十億以上吧。」

「上次你和商深比誰的身家更高，是什麼時候的事？」

馬化龍平常在人前一向很淡定，不願意和無關人等做無謂的爭論，但畢京實在欺人太甚，他有意替商深還手一擊，「要不這麼說吧，你是想和商深比當時的身家，還是想比現在的身家，或者是要比以後的身家？」

過去的事情已經過去了，再者當時馬化龍等人又不在場，沒有人證，不如比現在和未來，反正現在的他比當時更有實力，身家更高了。

想通這一點，畢京點頭：「以前的事，過去了就不要想了，就比現在和未來好了。」

「好。」馬化龍不顧商深向他暗示不要和畢京一般見識的眼神，他確實是生氣了，在他看來，作為中國互聯網精英代表人物的商深，如果身家還不如一個傳統行業三流的企業家，不但是商深的恥辱，也是整個互聯網行業的恥辱，「這樣吧，你先羅列一下你的股權和固定資產，房產和汽車就不要拿出來了，不值一提。」

正從口袋要拿出寶馬車鑰匙的畢京，還沒來得及拍到桌子上，就被馬化龍一句話又生生逼了回去，不免尷尬。

他很想大聲告訴在座的人，他的寶馬可是五系的最高款，眼睛一掃，見范長天微露不耐之色，知道在真正的有錢人面前炫耀寶馬車，就如同一個剛剛吃飽飯的窮人在嘴上抹一層油，好讓別人知道他吃得很好一樣可笑，便悄悄將寶馬車鑰匙塞回口袋。

畢京清了清嗓子說道：「我名下有一家配件加工廠，年產值在一千萬人民幣以上，利潤三百萬。是我個人所有，百分之百股份。另外，我和衛衛、伊童聯合投資一千萬美元成立了『未來製造』，我持股百分之三十。『未來製造』年產值在三百萬美元，未來三五後，將會提升到五百萬美元以上。」

「就這些？」馬化龍還以為畢京身家多高呢，原來名下才有兩家工廠，不由笑了。

「這還少嗎？」畢京被馬化龍的口氣激怒了，「馬總，你的企鵝聽說資金鏈斷了，想賣掉又沒人收，最後四處奔走求救，總算融資了兩百二十萬美元。兩百二十萬，應該持股比例超過百分之五十了吧？剩下的百分之五十就算你一個人持有，你的身家也不過一百一十萬美元，和我相比，還差得很遠吧？」

不簡單，作為圈外人，畢京能知道企鵝這麼多事情也算很了不起了，畢竟現在的企鵝還只是一個十分弱小的公司，別說初步具備日後三巨頭的氣象了，連衝出深圳走向全國的跡象都沒有。甚至可以說，以後是死是活還在兩可之間。

馬化龍卻只是笑了笑，他才不會用「燕雀安知鴻鵠之志哉」來嘲笑畢京安慰自己，以後的事就讓時間去證明好了，現在他只想為商深正名。

「不是我和你比，是商深和你比。」

馬化龍見范長天一臉沉靜，許施一臉不以為然，而范衛衛目光淡然，彷佛畢京和商深之爭和她完全無關一樣，他暗暗搖頭，對范長天一家人的短見和勢利無奈嘆息，和商深相比，畢京的發展前景相差了何止十萬八千里。

「商深現在有什麼，都擺出來吧。」畢京信心十足，他深信不管是過去還是現在和未來，商深都是一個失敗者，和他相比會有天淵之別。

「商深持股和加盟的公司有他自己的施得電腦公司、張向西的興潮網、王陽朝的索狸網、馬朵的芝麻開門、文盛西的北西，還有我的企鵝，對了，還有代俊偉的千度。代俊偉的千度還沒有成立，以後的前景還不好說，就先不提，我的企鵝現在也是艱難期，也不算進他的身家。文盛西的北西現在雖然已經擁有了十幾家連鎖店，但店面都不大，營業額一年也有上千萬，也不算多，也可以暫時不算……」

畢京快要笑出聲了，商深持股或加盟的公司，要麼舉步維艱，比如他自己的施得公司，要麼還沒有上市，沒有一個準確的市值可供參考，比如興潮網、索狸網和芝麻開門，等於都是紙上財富，不對，連紙上財富都算不上，應該說都還是泡沫，馬化龍也列出來計算，完全就是糊弄人的把戲。

許施也是越聽越是冷笑，以上幾家公司她都聽說過，也知道沒有一家算是成功的公司，更沒有一家是大型公司，興潮和索狸雖然已經是國內三大門

戶網站之一，但盛名之下其實難符，還在依靠融資勉強度日，如果不能成功上市，早晚也是死路一條。

商深太沒用了，折騰來折騰去，不過是在無數泡沫上跳舞罷了，不一定什麼時候泡沫破滅了，他就會一頭栽倒，然後被潮水淹沒，再也沒有出頭之日。

范衛衛心中閃過一絲波瀾，既同情商深投資的眼光，又可憐商深的愚蠢，忙來忙去卻一無所獲。如果商深去投資實體企業，以他的聰明才智，早就超過畢京何止十倍了。范衛衛愈加感覺商深就是一個空腹高心的笨蛋，互聯網根本是虛幻的泡沫，難道商深一點也看不出來？商深將全部希望都寄託在互聯網上，完全就是個孤注一擲的賭徒！

和許施和范衛衛微有不同，范長天卻是一臉凝重，多年的經商經驗告訴他，商深分散持股的做法十分高明並且所圖長遠，如果互聯網真的成為新的發展趨勢，難保商深不會縱身一躍成為呼風喚雨的人物。

退一步講，就算互聯網只是一個泡沫，那麼在泡沫達到頂峰之時，商深拋售手中持有的股票，他也會是一個身家幾億，甚至十幾億的超級富翁！

范長天瞇起眼睛，心中閃過一絲愕然和寒意，他忽然發現商深比他想像中還要高深遠矚，他遊走政商兩界，見過不少高官權貴，自認看人從不走眼，但對商深，他似乎真的判斷失誤了，他第一次有對一個人有誤判的感覺。

「就是說，現在商深的身家，只計算他的施得和興潮、索狸、芝麻開門了？」

第二章

弄巧成拙

邁克轉身消失在人群中，畢京頹然坐回了座位，一臉灰白。
沒想到弄巧成拙，原本想羞辱商深一番，反為商深帶來了商機，
他有一種搬石頭砸了自己腳的心痛。
「商深，你不會真的想賣掉公司吧？」畢京還心存一絲幻想。

許施自認對互聯網各大公司還算了解，批評道：「施得公司就先不提了，興潮網現在估值有幾億人民幣？索狸呢？芝麻開門呢？三家公司加在一起能有十億人民幣嗎？就算商深在三家公司的持股加在一起能有百分之一，才多少錢？一千萬不得了了，還是人民幣！」

「好，先不算商深的施得，只說興潮、索狸和芝麻開門三家的估值，」聽到許施很外行而且自以為是的一番話，馬化龍反倒笑了，「興潮和索狸的估值你說了不算，我說了也不算，誰說了算？華爾街的專家！或許許女士還不知道，這也可以理解，畢竟不是業內人士，興潮和索狸已經啟動上市進程了，華爾街對興潮和索狸的估值分別是五億和三億……請注意，是美元。不出意外的話，興潮和索狸最晚明年下半年之前就會赴美上市。所以說，就算按你估計的，商深只持百分之一的股份，兩家公司八億美元的百分之一就是八百萬美元，合多少人民幣，你自己算就行了。」

許施臉色變了，不可能，怎麼可能?!興潮和索狸不過是才創辦一兩年的網站，怎麼會有幾億的估值？范家經營十幾年，才打下不過一億多美元的江山，一年多的網站就可以是范家產業的數倍之多？

許施還是不相信興潮和索狸的估值真有馬化龍所說的那麼多，搖頭一笑：「估值只是估值，能不能上市還很難說，上市後能不能達到估值又是問題，所以馬總，你得出的結果沒有實際參考價值。」

畢京也附和：「許阿姨說得對，估值連紙上財富都算不上，只能說是一個美麗的夢想，或者說是一個短暫的泡沫。」

范衛衛在沉默了半天之後，終於開口了：「商深，你覺得馬哥對興潮和索狸的估值，是高估還是低估了？」

商深微一沉吟：「如果是今年上市，馬哥的估值顯然是低了，而且低了很多，因為今年是互聯網浪潮最洶湧的一年，到年底會達到頂峰。但明年上市的話，時機不太好，明年互聯網的浪潮會有一個回落期，屬於正常的自我調整，任何一個行業在經歷一段高速發展之後，都會在市場規律的規則之下自我調整，有漲必有跌，是無法逃避的自然規律。不過即使如此，興潮和索狸明年上市，市值也會高過馬哥的估值。」

「你的意思是說，你的身家會比八百萬美元更高了？」范衛衛微微地笑了，她端直的身子和優雅的姿態宛如玉人，只不過神情過於高傲了些，少了人間氣息而多了冷漠。

「食無求飽，居無求安，衛衛，你認識我的時間也不算短，我是一個追

求金錢的人嗎？」

商深不是故作高尚，而是實在受不了范衛衛以金錢論英雄的觀點。「說實話，八百萬美元和八千萬美元又有什麼區別？更大的房子、更好的車子、更昂貴的奢侈品？對於一個一心撲在事業上、只為實現自我價值的人來說，房子再大車子再好，他也不會關心，他想的只是如何更好地提升自我價值。如果讓我在八百萬美元和八千萬美元之間選擇，八百萬美元可以讓我實現自我價值，讓我的軟體和產品影響受惠到更多的人；而八千萬美元只是一筆鉅款，除此之外，沒有任何意義。我會選擇八百萬。」

王向西鼓掌叫好：「說得太對了，雖然企鵝成功融資兩百二十萬美元的時候，我也很高興，但高興只持續了一兩天。而企鵝的註冊用戶每天都在以幾十萬的速度遞增，每當我走到網吧，發現幾乎每個網民上網時都打開企鵝聊天，我心中的成就感比起兩百二十萬美元要持久並且幸福多了。被別人和社會認可才是最寶貴的財富，而不是金錢數字的多少。」

「不要玩高尚，現在我們比的是現實。」畢京很沒禮貌地打斷了王向西的話，他面沉如水，商深身家以八百萬美元起跳的事實深深地刺痛了他，「現在興潮和索狸都還沒有上市，估值都不算數，所謂八百萬美元的身家，也許只是鏡中月水中花。」

「好，不算興潮和索狸的股份，」馬化龍被激發了爭強好勝之心，在他的潛意識裡，商深如果被比了下去，就是他的失敗，就是整個互聯網的失敗，「只說芝麻開門的股份，芝麻開門現在兩次融資已經超過了兩千五百萬美元，商深在芝麻開門持股多少我不清楚，就按百分之一計算，也有廿五萬美元了。」

「廿五萬美元？哈哈。」畢京哈哈大笑，「按一比十的匯率計算，就是兩百五十萬人民幣了，好一個二百五！」

「呵呵。」許施也被畢京的話逗樂了。

范衛衛也強忍笑意，不過嘴角上翹，流露出嘲笑的神色。

范長天保持風度，說道：「這麼說來，只有商深自己的施得公司的估值才能證明他的身家了？商深，有沒有資方和你接觸，想要收購或是投資你的公司？」

商深實話實說：「有，不過都被我拒絕了。」

范長天好奇地問道：「我不問你拒絕的原因，只想問資方對你的公司的估值是多少？你可以只說一個大概。」

「兩億美元左右。」商深表情淡然，彷彿兩億美元很稀鬆平常一樣。

「兩億美元？開什麼國際玩笑，商深，你以為隨便為自己的公司報一個價格就可以身家上億了？你怎麼不乾脆說是二十億美元算了?!太好笑了，非要報個兩億美元，意思是不但比我強了太多，還穩壓葉十三一頭，是吧？」畢京諷刺，「我算是看透你了，商深，你就是一個潑皮無賴！比不過就比厚臉皮，就比吹牛，對吧？」

畢京突然站了起來：「你等一下，我引薦那個美國的投資商和你認識，他手中有一筆資金想要尋找合適的項目，你的公司最合適不過了。」

畢京動作倒是很快，話一說完，人影就立馬閃到了人群中。

馬化龍搖搖頭，小人得志，今天畢京就是非要讓商深丟人現眼不可，他找投資商介紹給商深，擺明了是想戳破商深的謊言。

不過……馬化龍現在心中也沒底，商深所說的兩億美元以內的估值，到底是資方給出的價格，還是商深有意誇大的結果？商深的公司如果打包出售，能賣到一億美元以上不足為奇，但如果說能到兩億美元，他還真有幾分懷疑。兩億美元左右的上下浮動範圍很大，商深是故意埋了一個伏筆？

范衛衛忽然有幾分同情商深了，在商深被畢京步步緊逼即將原形畢露時，她不忍心眼睜睜看著商深最終一敗塗地，「商深，你現在收手還來得及！」

「畢京也是一番好意，如果能遇到一個有眼光的投資商，又能出到一個合適的價格，賣掉公司也是一個不錯的選擇。」商深雲淡淡地笑了笑，「我還真希望畢京能為我介紹一個有實力又有長遠規劃的投資商。」

許施哼了聲：「癡人說夢。」

范長天擺了擺手：「如果你們沒有相信一切都有可能的開放性思維，你們就理解不了互聯網是怎樣締造了財富神話的一個產業。」

話雖如此，范長天不過是抱著看好戲的心態罷了，他對商深的公司能賣到兩億美元的價格完全不信。想到商深在不到兩年時間就從一個不名一文的窮小子一躍成為億萬富翁，他的心理就很不平衡。在他看來，商深為人浮誇，做事不踏實，怎麼可能會有這麼大的成功？

馬化龍和王向西都露出擔心之色，萬一畢京找來的投資商沒有眼光不懂行情，商深立即會當眾丟人。怎麼辦？馬化龍和王向西交流了一下眼神，心生退意。

王向西心生一計，拿出手機悄悄發送了一個訊息，讓朋友趕緊找一個外

國人充當臨時演員，萬一畢京的投資商給商深打臉，報出低價，他就讓他的假外商出面，報個兩億美元的高價來救場。

訊息發出後，朋友很快答覆沒問題，說會找一個演技逼真、經常充當外商的專業人士來扮演，保證不會出錯，被人看出破綻。

在得知一切已經安排妥當，為商深準備好退路時，馬化龍才暗中長舒了一口氣。

「嗨，商，你好，我是邁克。」

畢京介紹的外商邁克，長得人高馬大，除了一頭濃郁的頭髮之外，手臂上也長滿了毛，他為人倒是爽朗，中文也說得挺流利的，主動和商深握手，沒有絲毫生疏感。

「聽畢說，你的電腦公司需要融資，正好我手中有一筆資金，我們可否坐下談談？」

商深起身相迎，握住了邁克熱情洋溢的手：「邁克先生，很高興認識你。請坐！」

畢京一臉得意，坐在原來的位置上，邁克也不客氣，和商深坐在一起。由於他身形過大的緣故，佔據了三人座位的二分之一，商深就被擠到了角落裡。

「商，可否簡單介紹一下你的公司情況？」

邁克並沒有注意到范長天和許施的存在，他迫切地想知道商深的公司到底是一個什麼樣的公司，有沒有潛力和前景。

商深並沒有急於推銷自己，而是伸手拿過背包，取出了筆電，連上了網，然後打開一二三網頁和七二四軟體。

「邁克，不管我怎麼描述我的公司，都太主觀了，不如你直接從網站和產品瞭解公司。」商深將電腦推到邁克面前。

邁克的目光落在螢幕上，仔細地看了起來。一時，所有人都陷入了沉默之中。

商深朝馬化龍、王向西點頭示意，暗示二人不要焦急。王向西回應了商深一個一切已經安排妥當的眼神。

邁克的目光停留在電腦螢幕上足足有十分鐘之久。十分鐘的時間並不長，對畢京來說，卻如同過了一天一樣漫長。他巴不得邁克趕緊對商深的公司有一個評估結果出來，也好讓商深大受打擊，從而奠定他在許施眼中比商深更有才能的印象。

對商深來說，邁克越認真，花費的時間越久，他越是心安。如果邁克只是粗淺地看了幾眼就給出報價，說明邁克可能是深圳常見的職業外商演員。從邁克的舉止以及投入程度來看，他並非是畢京請來的托兒。

合上電腦，邁克的目光充滿了疑惑和不解，他低頭想了一會兒：「商，我一直對互聯網企業很感興趣，但我不得不說，我看不出來你的公司前景在哪裡……」

畢京欣慰地笑了，沒想到邁克比他期待的更狠，直接否定了商深的公司，連一分錢都不投，簡直太讓他開心了。

不過，不等他嘲諷商深的話說出口，邁克緊接著又說：「雖然我看不出來你的公司前景在哪裡，但直覺告訴我，你的網站和七二四軟體非常有創意，非常有開拓性，所以你的公司以後會是一家偉大的互聯網公司。」

不是吧？畢京、范衛衛、范長天和許施都驚呆了！

什麼，邁克居然看好商深的公司？許施瞬間從休眠狀態中驚醒，她沒聽錯吧？或者說，邁克沒看錯吧？畢京和范衛衛更是對視一眼，一臉驚愕。

接下來邁克的一句話，更讓幾人震驚：「我手中只有一百二十萬美元，想投資你的公司，你也許看不上，不過不要緊，我認識一個手中有幾億資金的投資商，我把他介紹給你，但有一個前提條件，你必須接受我的投資，成交？」

畢京呼地站了起來，他已經後悔介紹邁克和商深認識了：

「邁克，商深的公司不值得投資……」

話說一半就被馬化龍打斷了，馬化龍終於忍不住發作：「畢京，做人不能無恥到沒有底線！是你非要介紹邁克和商深認識，如果邁克不認可商深的公司，你肯定會幸災樂禍；現在邁克想投資商深的公司，你又想從中作梗，太無恥太下作了。」

「化龍說得對，該崛起的，你阻止不了；該沒落的，你也挽救不了。」范長天不得不說話了，他很想知道商深的公司最後到底會估值多少，「商深，我建議你答應邁克的條件。」

「好，聽范伯伯的話，我答應。」商深既賣了范長天的面子，又順水推舟答應了邁克，而且又不過分顯露他想出售公司的心思，可謂一舉數得。

邁克喜形於色：「ＯＫ，我馬上去找史蒂夫，你等我一下。」

邁克轉身消失在人群中，畢京頹然坐回了座位，一臉灰白。沒想到弄巧成拙，原本想羞辱商深一番，反為商深帶來了商機，他有一種搬石頭砸了自

己腳的心痛。

「商深，你不會真的想賣掉公司吧？」畢京還心存一絲幻想。

「機遇來了，就要抓住。」商深沒有正面回答畢京，「謝謝你畢京，不管最後能不能談成，都要謝謝你的引薦。」

畢京不知道商深的話是真心話還是反諷，他擺了擺手，「公司賣到多少才符合你的期望值？」

「我說了不算，你說了也不算，資方說了才算。」商深打了太極，舉起茶杯，「沒想到能在深圳再次遇到范伯伯和許阿姨，以前不管我有意還是無意讓你們感覺到不愉快或是不舒服，我一併向你們道歉，並且真誠地向你們說一句：謝謝！謝謝范伯伯和許阿姨讓我在最落魄的時候允許我住在家裡，給我了人生道路上最難忘的溫暖！」

商深一番情真意切的話一說完，范長天和許施都愣住了，二人都想起了當年的事。

當時的商深確實無比落魄，除了年輕和夢想之外，一無所有，但他擁有一顆不服輸的上進心，為人踏實，不驕不躁，比同齡人強了不少。直到今天，雖然還不知道商深到底做出了多大的事業，他卻比同時代的年輕人更有責任感和使命感。

許施心中也有一絲感動，或許她當時對商深太苛刻了，不過轉瞬之間，這種愧疚之意就又消失不見了，商深以前是做作，現在是虛偽，在創業前是炒作自己，將自己塑造成天才程式師。創業後，踩著葉十三的肩膀上位。不料人算不如天算，葉十三成功創造了財富神話，他卻依然原地踏步。今天，商深又要借畢京介紹的邁克邁出成功的第一步，許施心中對商深的輕視到了極點，商深，你什麼時候才能靠自己一次?!

只能說許施太自我中心了，她對商深所有的指責，既不公平又失之偏頗。不管是過去還是現在，商深從來沒有炒作過自己，也沒有依靠過別人，完全是憑藉自己的智慧和對市場敏銳的觀察，一步步走到今天。只不過他比大多數人目光更長遠、佈局更深遠一些，在無法看清他的高深謀局的人的眼中，他幾年來的努力似乎全無是處。而商深從來不去解釋什麼，時間會證明一切。只要無愧於心，別人眼中的對錯又算得了什麼？

范長天微微感慨：「商深，以前我和許施如果有慢待你的地方，你也別往心裡去。還有，你和衛衛的事情都過去了，現在再追究誰是誰非也沒有意義了。」

「謝謝范伯伯。」商深想起了范長天給他一萬元的往事，不管范長天是出於什麼目的，一萬元的恩情卻不能忘記，他朝范長天和許施深鞠一躬。

范衛衛再也無法矜持，潸然淚下。她清楚不過，商深剛才的感謝和鞠躬，其實是為所有的恩怨畫上一個圓滿的句號。

「商，這位是史蒂夫，史蒂夫，這位是商。」邁克回來了，身後還跟著一個年約五十開外的美國人，正是他口中的史蒂夫。

史蒂夫個子不高，身材微顯疲弱，上身穿方格T恤，下身穿牛仔褲，打扮很簡單幹練，和范長天、畢京的西裝革履相比，可謂隨意多了。

商深、馬化龍和王向西也只是穿了襯衣和西褲，沒穿正裝，史蒂夫見多了古板的西裝革履，商深隨性的打扮讓他立時眼前一亮。再仔細端詳商深的長相，儘管美國人對中國人的長相總是傻傻分不清，但商深明顯和同齡人不同的氣質以及眉宇間的英氣，讓史蒂夫對商深頗有好感。

「商，你好，我是史蒂夫，邁克說你有一個項目在尋求融資？」史蒂夫直接就切入主題，「我們現在就談談項目？」

「可以。」商深請史蒂夫坐在身邊，「我先簡單介紹一下公司的前景。」

「史蒂夫先生，我是畢京，很高興認識你。」畢京突然插嘴，試圖打亂商深，他主動伸出了右手。

史蒂夫愣了一下，他的目光已經落在電腦的螢幕上，頓時被一二三網站吸引了，看了畢京一眼，完全沒有要握手回禮的意思，只說了句：「Excuse me」然後就全神貫注投入到了網頁之中。

畢京十分尷尬地收回了手，咳嗽一聲以掩飾自己的失態。范衛衛白了畢京一眼，責怪畢京阻撓的手法太過拙劣。

幾分鐘後，史蒂夫抬起頭來：「商，前不久雅虎剛剛完成了一筆收購，你應該知道……」

「是的，收購的是中文上網網站。」商深心中立刻有了判斷，史蒂夫比邁克專業多了，他對互聯網的瞭解和動態十分關注，儼然是業內人士。

「你告訴我，一二三和中文上網網站有什麼不同？在中文上網網站的市場佔有率高達百分之七十的前提下，一二三還有什麼前景？」史蒂夫的問題很尖銳。

畢京長舒了一口氣，太好了，史蒂夫沒有被商深騙倒，商深，你真是太不幸了，遇到了一個既專業又挑剔的投資商，能不能融資成功先不說，看來會先被羞辱一番是跑不掉了。

馬化龍也是暗吃一驚，史蒂夫是什麼來歷，對中國互聯網也太瞭解了吧？又一想，這樣也好，他既然知道中文上網網站的價值所在，就會清楚商深的一二三隱藏著怎樣巨大的潛力。

商深緩緩地說道，「在手機剛出來的時候，像磚頭一樣大，不但攜帶不方便，而且電池不耐用。隨著科技的發展，手機慢慢變成了和手掌一樣大小，電池也耐用多了，並且功能也多了許多，那麼我問你，你還願意再用回以前的手機嗎？」

史蒂夫不清楚商深到底在說什麼，不過還是配合地搖搖頭：「當然不願意。」

「好。」商深點頭，「WIDOWS從95到98，不斷地修正ＢＵＧ並且提高用戶體驗，你現在還願意用回WIN95嗎？」

史蒂夫再次搖頭。

「不出意外，WIN98是微軟最後一個基於MSDOS版本的作業系統，明年，WIN2000就上市了。」

商深見不只是史蒂夫，就連范衛衛、畢京也不明白他到底在說什麼，更不用說范長天和許施了，只有馬化龍和王向西一臉會心的笑容，他就不再欲擒故縱，揭開了謎底：

「WIN2000由於採用了和WIN98、95完全不同的內核，安全性大大提高，以前在WIN98、95時代的許多病毒，包括惡意外掛程式，在WIN2000上面將會無法安裝。無法安裝就失去了生存的土壤，這麼說吧，如果說中文上網網站是WIN98時代的產物，那麼一二三則是WIN2000時代的最新款！」

史蒂夫大概摸到商深的思路了：「你的意思是，在WIN2000發佈之後，中文上網網站就會走向衰退？」

「作業系統是基礎，任何不適合作業系統的軟體都會消亡，因為作業系統是軟體生長的土壤。微軟一直在完善作業系統的漏洞，吸取了經驗教訓後，在WIN2000中加強了對病毒和惡意軟體的預防措施。史蒂夫，你既然知道中文上網網站，肯定會知道中文上網網站賴以生存的基礎是什麼？」

史蒂夫瞬間被點醒，一拍腦門：「商，你太聰明了，也太厲害了。」

商深哪裡聰明？哪裡厲害了？畢京和范衛衛面面相覷，商深的話他們聽得很清楚，卻聽不懂商深到底在說什麼。

范長天和許施也是一頭霧水，二人搞不清商深是怎麼說動了史蒂夫，有

心問個清楚，又覺得有失顏面，只能瞪大眼睛，希望商深能做進一步解釋說明。

馬化龍和王向西卻是欣慰地笑了，一顆心總算落到了肚子裡。

商深的一二三和七二四在中文上網網站被收購之後，一直不見起色，馬化龍一直為商深擔心，卻見商深沒有採取任何措施，也不知道他是放棄了希望，還是在等待一個什麼時機。

以他對商深的瞭解，商深不應該也不會喪失對一二三和七二四的信心才對。但是商深到底有什麼可以扭轉乾坤的辦法呢？

不只馬化龍為商深擔憂，王向西也希望商深的公司可以一路上漲，即使不成為業內數一數二的頂尖公司，至少也要超過葉十三才行。有幾次他幾乎按捺不住，想要打電話向商深問個清楚，每次拿起電話又放了回去。不是他不好意思開口，而是他告訴自己要有耐心，他相信商深肯定在等待一個機會的來臨，但這個機會是什麼，他一直想不通。

現在他終於眼前一亮，彷彿撥雲見日，有豁然開朗的感覺，原來商深等待的機會不是在等葉十三自己的失誤，也不是在等中文上網網站市佔率的下降，而是在等一個重新洗牌的重大機遇。

商深的目光已經不僅僅局限於國內的互聯網了，而是放眼整個世界，從局部延伸到了整體。

微軟即將發佈的WIN2000是商深借勢借力的支點！

中文上網網站依賴中文上網外掛程式而存在，中文上網外掛程式依賴不設防的微軟流覽器而生存。雖然商深的電腦管理大師賣給興潮網之後，不再以卸載中文上網外掛程式為己任，而他新推出的七二四，也不再專注於卸載中文上網外掛程式，就被人誤以為商深徹底承認了失敗，不再和中文上網外掛程式鬥智鬥勇了，其實不是，商深只是專注於下一盤更大的棋。

即將到來的WIN2000不但重寫了內核以減少病毒的入侵，更加強了對流覽器的管理，許多原本在WIN9X時代可以隨意安裝在流覽器上的惡意外掛程式，在WIN2000之上將會無法正常安裝。

無法安裝中文上網外掛程式的中文上網網站，將會是無源之水，無本之木，不需要電腦管理大師和七二四的刻意卸載，只要是安裝了WIN2000作業系統的使用者，都會因為無法安裝中文上網外掛程式而不知中文上網網站為何物。

截止到目前為止，還沒有任何一家互聯網公司有可以挑戰微軟作業系統

統治地位的實力和影響力，因此，凡是挑戰微軟權威的軟體或是互聯網公司，都將難以生存，葉十三及其中文上網網站也不例外。

而養成了依賴中文上網網站上網的用戶，在突然發現中文上網網站失效之後怎麼辦？一定會尋找一個替代品。互聯網用戶的忠誠度幾乎沒有，誰好用誰易用，就會用誰。那麼蓄勢待發的一二三就會成功地浮出水面，成為WIN2000時代的寵兒。

王向西暗暗讚嘆，商深果然是一個眼光高超用心深遠的謀局者，相比之下，葉十三不過是一個投機取巧的冒進者，雖然可以得一時之利，終究還是會被時代淘汰。

再者七二四更加注重對電腦的整理和管理功能的細分，也是為了提前適應WIN2000時代的改變，商深的一二三和七二四原來根本不是為了謀求現在的成功，而是著眼於未來，立足於長遠，比別人都更快一步搶佔了未來的先機。

互聯網時代，後浪推前浪，只有比別人看得長遠，比別人快上一步，才會笑到最後。

「商，你是打算融資還是打包賣掉公司？」

史蒂夫對中國的互聯網一直關注，中國互聯網所有的併購案，他都做過詳細分析，對商深的一二三網站也做過評估，只不過當時只是出於純粹的興趣，而現在，卻是出於長遠的商業需要。

經過商深的點醒，他敏銳地發現了讓人振奮的商機，一二三成為中國排名第一的網站，只不過是時間問題。因此，此時收購商深的公司，比等WIN2000推出之後、中文上網網站沒落而一二三崛起之時要合適得多。

「融資是什麼條件，打包出售又是什麼條件？」

商深不能過早地透露自己的底牌，不過增加籌碼卻是正常的談判技巧，「史蒂夫，有一個數據你肯定感興趣。」

「什麼數據？」史蒂夫何止是感興趣，而是大感興趣，如果不是談判技巧需要，他早就迫不及待地表露出自己對商深公司的渴望了。

「一二三現在市佔率雖然只有百分之三十，但一二三的搜尋引擎技術中國第一，搜尋引擎的搜索量穩居國內前三之內。需要強調的一點是，一二三從成立到今天，沒有任何的宣傳和炒作，提升市場佔有率的潛力巨大無比。」商深拋出了又一個重磅誘餌。

史蒂夫半信半疑，在一二三頁面搜索了幾個關鍵字，搜索結果出來後，

他又登錄Google重新搜索了一遍，經過對比發現，一二三的搜索功能並不比Google弱，甚至對頁面的抓取和演算法，更符合中國人的使用習慣。

「你的搜尋引擎確實很好，你的資料沒有誇大。」史蒂夫朝商深豎起了大拇指。

當然好啦，商深心想，經過代俊偉指點後的搜尋引擎如果再不優秀，世界上就沒有優秀的搜尋引擎了，就連Google的搜尋引擎技術也是脫胎於代俊偉的理論。

「喂，商深，你們說了半天到底在說什麼？」

畢京忍不住上前一步，一推商深，「把話說清楚，別打啞謎。別忘了，我是你們的介紹人。」

商深知道畢京因為聽不懂他和史蒂夫的對話而著急了，輕輕彈開畢京的手：「不好意思，有些事情你沒有必要知道。」

「商深，做人不能忘本。」許施也想知道史蒂夫到底看重了商深哪一點，呵斥商深道：「沒有畢京，你就不會認識邁克和史蒂夫。」

「不，不，話不能這麼說。畢京介紹我和商深認識，是出於利益需要；我介紹史蒂夫給商深，也是為了利益。即使商深和史蒂夫拋開我，也是因為我的條件不夠有吸引力，不能怪他不和我合作。」

邁克忙出面解釋，在他的美式思維裡，只要是商業合作，一切以利益為主，沒有人情可講。

畢京卻不肯善罷干休：「商深，你還是男人嗎？」

商深怒了：「畢京，我最後警告你一次，如果你再不識趣，不能認清自己的位置，再敢對我指手畫腳，別怪我對你不客氣了！」

商深就如一把出鞘的寶刀，刀光一閃，殺意森森，力透三丈之外，畢京頓時臉色大變，被商深的氣勢一逼，連退三步，一屁股坐回了椅子上。

真丟人，范長天不無鄙夷地瞪了畢京一眼，人長得醜也就算了，還沒有眼力。就算人醜沒眼色，也要有自知之明；沒有自知之明，非要向前衝，卻又沒有沉穩如山的氣勢，不是自己找打嗎？

史蒂夫厭惡地看了畢京一眼：「他是什麼人？為什麼總是出來搗亂？商，我們到一邊去談。」

畢京此時恨不得地遁，沉默地低下了頭。

第三章

潛力股

史蒂夫直接切入了正題，

「商，你覺得你的公司如果出售的話，會是一個什麼價位？」

商深笑道：「一二三比中文上網網站先進許多，再加上前景十分看好，

史蒂夫先生現在收購的可是一個升值空間巨大的潛力股。」

「史蒂夫，商深，這邊請。」

范長天見狀，引領史蒂夫和商深來到一個僻靜的角落，「這裡安靜，適合談判。」

史蒂夫、商深和范長天三人離開，馬化龍、王向西、范衛衛、畢京和許施則在原位未動。

馬化龍和王向西是不想介入其中，許施雖然也想知道結果，卻不好意思湊過去。畢京更想跟過去，但他哪裡還有臉和膽量跟去。范衛衛卻是不想過去，她心情十分沉重，既為商深突然扭轉了局面而感到失落，又為畢京的無能而感到悲哀。

此次回深圳，她本來是想一個人回來，畢京聽說後，非要和她一起。架不住畢京的死纏爛打，加上畢京說想到深圳走走，也許可以發現新的商機，她也就同意了。

然而才一上飛機她就後悔了，因為剛上飛機，畢京就被一個女孩白了一眼，儘管對方的聲音很小，范衛衛還是聽得清清楚楚，對方輕蔑地吐出了三個字：「醜八怪！」

范衛衛是多高傲的女孩，從小到大，不但家境優裕，而且長得漂亮，接觸的全是美麗精緻的事物，毫不誇張地說，從小到大，她認識的所有人中，畢京是最醜的一個。

人都是喜美惡醜，當初喜歡上商深，除了商深的優秀外，未嘗沒有商深長得英俊的因素。范衛衛就深以和畢京同行為恥。只是事已至此，後悔無用，只好強忍心中不快，和畢京飛到了深圳。

一落地，她就被媽媽狠狠地教訓了一頓。許施當面沒說什麼，算是給足了畢京面子，私下卻對范衛衛和畢京一同回來大表不滿，對畢京的長相更是無比厭惡，聲明范衛衛如果敢和畢京戀愛，她要和她斷絕母女關係。

范長天亦告誡女兒千萬三思後行，他范長天的女兒，一定要嫁一個門當戶對的人家，言語之中明顯流露出對畢京的排斥。

雖然父母反對，范衛衛因為和畢京的合作，只好忍耐，沒想到，畢京一連串的舉動再再顯露出自己的幼稚和淺薄，就更加覺得面上無光，對畢京失望透頂了。

商深幾人過去繼續談判後，一時無人說話，氣氛有幾分沉悶。畢京就想在馬化龍身上找到平衡，咳嗽一聲說道：「馬總，ＯＩＣＱ的註冊用戶現在

有五十萬了嗎？」

馬化龍打心底深處看不起畢京，連多看他一眼的興趣都沒有，沒想畢京居然將目標轉向他，便耐住性子說：「畢京，你能不能消停一會兒，不那麼自討沒趣？」

「我怎麼自討沒趣了？馬總太敏感了吧。」畢京笑了笑，「我本人也是ＯＩＣＱ的愛好者，很關心ＯＩＣＱ的成長，也希望ＯＩＣＱ可以打敗國際競爭對手ＩＣＱ……雖說ＯＩＣＱ有明顯抄襲ＩＣＱ之嫌，但誰在乎呢，只要最後成功，就可以洗白上岸了。」

馬化龍豈能聽不出畢京話裡的嘲諷之意，呵呵一笑：

「模仿並不丟人，不進步落後才丟人。ＯＩＣＱ是模仿了ＩＣＱ，但中國的製造業哪一個不是在模仿國外？製造業的生產線哪一條是國產？我認識一個溫州的企業家——姑且稱之為企業家，其實說是商人更合適——名下有一家產值上億的工廠。產值上億聽上去很嚇人，很上規模是不是？你知道他的工廠生產的是什麼嗎？打火機！

「一支打火機一塊錢，一年生產一億支，產值上億。一支打火機的純利按一毛錢計算，一年的利潤也有一千萬。但他從來沒有想過一個問題，他日復一日年復一年地生產沒有技術含量的打火機，一年一億的產量也好，十億也罷，只不過是不斷重複，只不過是為了賺錢，從來不會對社會的發展做出任何貢獻，也不會提升中國製造業的水準。他還沾沾自喜地對我說，日本出產的打火機，一個一美元，他的打火機，一個一塊錢人民幣，價格優勢是日本製造的八九倍。

「我問他，你有沒有想過技術改良，有沒有想過怎樣重新設計打火機，有沒有想過創造一個屬於自己的品牌，他愣住了，半天才搖頭說道，打造一個自己的品牌多麻煩，就這樣挺好，靠數量取勝，以大量的廉價產品衝擊市場，能賺錢就行了。」

馬化龍無奈地搖搖頭：「我認識他三年了，三年前，他年產值一億，三年後的今天，年產值還是一億。但為了追求更高的利潤，打火機的成本一降再降。我還保留了他三年前送我的打火機，現在還可以使用。但現在生產的打火機，有時一個月就壞掉了。我手中還有日本出產的一個打火機，是五年前朋友從日本帶回來的，五年了，使用起來和全新的沒有區別。中國的製造業從技術上講落後了世界幾十年，從理念上說，落後了世界上百年！不要以為可以生產一些零件就是製造集團了，有時間多出去走一走，看一看，看看

德國的工藝，看看日本的品質，你才會知道原來和人家相比，我們所謂製造業還停留在以數量取勝的初級階段。」

「我敢打賭，不出十年，中國的製造業會出現大規模的倒閉潮。產品的品質才是根本，沒有品質的產品，數量再多，也只是垃圾，早晚會被市場淘汰！」

馬化龍被畢京激發了火氣，由火氣引發了感慨，由感慨延伸到對中國製造業的擔憂。

「畢京，相信你的工廠離年產值一億還有一段距離，但你想過沒有，就算年產值達到了一億又能怎樣？做為食物鏈最底端的加工廠，只不過是跨國集團的附庸和生產工具罷了。以一部手機為例，一支市場上賣到五千多人民幣的國外名牌手機，由國內某工廠代工，工廠的利潤是每支兩百元，品牌商每支利潤是兩千元。品牌商為什麼利潤是代工廠的十倍？因為品牌商賺取的是設計費用，是品牌附加值，是科技附加值。智慧所能帶來的收益永遠大於體力，古人早就說過，勞心者治人，勞力者治於人。可憐我們這個一直領先世界幾千年的優秀民族，到今天，居然成了當牛做馬的勞力者。」

畢京臉紅過耳，就算是個傻子，他也能聽出馬化龍對他毫不留情的批駁和諷刺。

「同樣是汽車傳動軸，日本出產的傳動軸只有直徑十釐米，國產的直徑三十釐米，直徑是對方的三倍，壽命卻是對方的三分之一。為什麼？技術不過關！不掌握核心科技！」馬化龍不無憂慮之色，「我是一個人微言輕的小人物，但我位卑未敢忘憂國，我希望中國的騰飛不是一句口號，不是在電視、小說裡面意淫打敗日本人，而是在現實生活中，用自己的科技和精密的製造工藝打敗日本，成為世界上舉足輕重的製造強國。畢京，中國的製造業任重而道遠，希望你可以為中國製造業的騰飛貢獻力量。不過我可以自豪地說，和中國落後的製造業相比，中國的互聯網在起步階段，就和世界上最先進的技術、理念同步。」

畢京臉色青白不定，被再次打臉，就有幾分掛不住了：「馬總，不知道你說的和世界上最先進的技術、理念同步，是指商深的一二三還是你的ＯＩＣＱ？」

馬化龍知道畢京惱羞成怒了，呵呵一笑：「商深的一二三，它的上網方法是中國獨創，因為中國國情的獨特，許多用戶不會輸入英文網址上網。ＯＩＣＱ雖然脫胎於ＩＣＱ，但許多功能也是世界首創，比如離線發送資

訊，上線後即刻收到，等等。」

「不好意思馬總，說了半天，你還沒有告訴我現在ＯＩＣＱ的註冊人數有沒有突破五十萬？」

畢京見討不好去，馬化龍一直避而不談ＯＩＣＱ的註冊用戶數量，他以為ＯＩＣＱ的發展肯定不盡人意。

「ＯＩＣＱ推出後的兩個月，註冊用戶就已經超過五十萬了。」馬化龍流露出自信的笑容，「現在註冊用戶已經達到五百萬了，每天遞增的人數都在五萬以上。明年上半年突破千萬不成問題。」

「啊？」畢京震驚得張大了嘴巴，不相信馬化龍說的數字，「怎麼可能？五百萬，豈不是說馬上就要超過ＩＣＱ的用戶了？」

「不是馬上超過，是早就超過了。」王向西自得地說，「化龍的資料還是保守了些，到明年年底，註冊用戶達到兩千萬以上不成問題。」

畢京臉上的表情像是見到什麼恐怖的東西一樣，他原本完全不看好ＯＩＣＱ的前景，私底下還不時嘲笑商深投資企鵝的行為太傻，萬萬沒想到推出才一年時間不到的ＯＩＣＱ，註冊用戶居然達到了五百萬之多！

如果真像王向西所說的，在明年年底註冊用戶達到兩千萬以上，那麼

ＯＩＣＱ的估值超過ＩＣＱ的兩億美元完全不成問題，不，會比ＩＣＱ的兩億美元多十倍都不止！那豈不是說，商深投資企鵝是賺翻了？難道商深真是一個眼光奇準的天才？一旦企鵝崛起，商深的身家也會隨之水漲船高，他和商深的差距不就越來越大了？

商深憑什麼凌駕在他的頭上？商深應該被他踩在腳下才對，畢京的心情頓時烏雲密佈，跌到谷底。

如果讓畢京知道商深此時和史蒂夫的談判內容的話，他的心情就不只是烏雲密佈，而是大雨傾盆了。

在范長天的引領下，商深和史蒂夫、邁克一起來到角落僻靜之處。

幾人落座後，史蒂夫直接切入了正題，「商，你覺得你的公司如果出售的話，會是一個什麼價位？」

商深也不繞彎，笑道：「一二三不管是內核的演算法還是搜尋引擎的技術，都比中文上網網站先進許多，再加上前景十分看好，史蒂夫先生現在收購的可是一個升值空間巨大的潛力股。」

「雖然升值空間巨大，但現在一二三的市佔率畢竟不足，存著不小的投

資風險，價格過高的話，我無法說服董事會。」史蒂夫畢竟是商人，也要壓價，「一億美元我認為是最合理的價格。」

一億美元？范長天倒吸了一口涼氣。范長天心中五味雜陳，說不出來是什麼滋味。

「中文上網網站雖然目前市佔率比一二三高，但一二三的未來發展潛力有多大，相信史蒂夫先生比我看得更清楚。何況，一二三附送的搜尋引擎技術是不亞於Google的搜索技術。而且我還有一個前提條件，公司賣出後，我不保留股份，也不會再在公司擔任任何職務。」

「哦？」史蒂夫一愣，「甩手不管？你不擔心公司以後的發展會不符合你的預期？」

「既然賣了，就是別人的公司了，我會從公司全身而退。」商深笑笑，「不過我會推薦更合適的人選來管理公司，當然，前提是資方如果需要的話。」

「一億美元。」史蒂夫加重了口氣，「是我的最高出價了。」

「單是一二三的搜尋引擎技術就值五千萬美元。」商深的要價上升到一點五億美元，「最多一年，最少半年，一二三的訪問量就會呈幾何倍數遞增。史蒂夫先生，現在是最好的時機，你是在最正確的時間遇到了最正確的人。」

范長天心中微有觸動，他發現，或許他真的看錯了商深，商深從來沒有依賴過外力和別人，完全依靠自己的才華和智慧一步步走到了今天。最主要的是，時代在發展，社會在進步，范長天才發現他當年起家所需要憑藉的關係、人情和資源，在互聯網的今天，突然全部失效了。互聯網是一個不需要講人情、講關係、拼資源和後臺的世界，在互聯網中，比拼的是智慧和眼光、技術和手段。

商深走的是大道，他只需要理順市場脈絡，一切以市場需求為導向就可以了。也許……

范長天心中不知道是後悔當初對商深的排斥，還是懊惱他看錯了商深，如果當年他伸手拉商深一把，也許現在就是他和商深坐在一起和史蒂夫談判，而不是以一個局外人的身分參與了。

「商，你太沒有誠意。」史蒂夫見商深不但不退讓，還提高價位，露出不快的神色，「我帶著誠意而來，希望你不要拒人於千里之外。」

商深搖搖頭，「我也很有誠意，史蒂夫先生，是你太低估施得公司的潛

力了。」

「我聽說商在中國是個了不起的電腦高手？我想知道你在中國的ＩＴ業算是什麼級別的人物？」邁克很想促成談判，但又不能表現得過於明顯，於是有意緩和一下氣氛。

商深自豪地說：「我個人覺得我算是中國ＩＴ業的一流人物。」

一流？可真不謙虛，互聯網人才濟濟，精英如雲，他竟敢自稱是一流人物，也太自吹自擂了吧?!范長天心中冷笑。

「一流？」史蒂夫也覺得商深過於驕傲了，拿出手機，說：「抱歉，我需要求證一下。」

商深一伸右手：「請便。」

史蒂夫起身到一邊去打電話，范長天趁機說道：「商深，如果你真心想要出售公司，應該定一個合理的價格，而不是漫天要價。」

「謝謝范伯伯的指點。」

商深心中感到有些悲哀，范長天不幫著他說話，或許並不是替史蒂夫著想，也不是為美國人節省美金，而只是為了打壓他，范長天對他有成見偏見他都無所謂，但是在事關美國收購中國企業的大是大非之上，不一心向著中國企業爭取更大的利益，反而因為個人成見而要求他讓步，難道在范長天的思維中，不知道他的讓步就等於是中國向美國讓步一樣嗎？怪不得在中國和美國許多交易中，存在著太多低價賣出高價買進的現象，背後就是有太多如范長天一樣的人，不以國家利益為大局，只局限在個人私利之中。

「不過互聯網公司的估值和傳統實體的計算方法差別很大，范伯伯不太瞭解也可以理解。」商深為范長天留了幾分情面，話說委婉又含蓄。

「哈哈，你的意思是我是外行了？」范長天冷哼道：「我再外行，也比你經驗豐富。商深，我創業的時候，你還沒有出生呢。我開始和美國人談判的時候，你才剛知道一加一等於幾。」

現在是倚老賣老了嗎？商深尊重每一個前輩，前輩的經驗是用生命換來的寶貴財富，可以讓後來者少走許多彎路。但前輩的經驗中，又有許多不能複製的個例，商深出於對范長天的敬重，又因為他是范衛衛的爸爸，保持著風度：「不好意思，讓范伯伯見笑了。」

「見笑？何止是見笑，商深，你自稱是中國ＩＴ業的一流人物，不覺得太誇大其詞了嗎？你算是哪門子互聯網的一流人物？充其量是互聯網浪潮中一朵小小的浪花而已。做人要誠實，更要踏實，不要好高騖遠，更不要自命不凡！」范長天語氣依然平和，不過平和中，卻有咄咄逼人的嘲諷之意。

邁克雖然中文說得不太流利，但也聽出商深和范長天之間的火藥味，心想中國人太愛內鬥了。可惜范長天和商深不是同一家公司的股東，否則兩人的分歧至少可以讓售價下降百分之十以上，為美國節省上千萬美元的開支。

商深一向尊老愛幼，輕易不會和前輩動怒，但范長天太過分了，他一時忍不住怒道：「我在中國ＩＴ業是怎樣的地位，不是范伯伯所能決定的，業內自有共識和定論。」言外之意就是范長天說了不算，說也白說。

范長天冷哼一聲，正要再反駁幾句，史蒂夫回來了。

史蒂夫並沒有重新入座，他站在商深面前，聳了聳肩膀：「很抱歉，商，我剛才求證了一下，你在中國ＩＴ業的地位並不是像你所說的是一流的。我覺得你很不誠實，對不起，交易暫時取消。」

話說完，史蒂夫便轉身走了，也不給商深一個解釋的機會。商深既不起身去追，也不相送，穩坐在沙發上，一副淡然的態度。

邁克見狀，忙朝商深點點頭，「我再勸勸他。」起身去追史蒂夫了。

「哈哈，商深，你不是說你在國內的ＩＴ業是一流人物嗎？所以說，做人要務實，不要自命不凡，不要自我感覺過度良好，尤其是在談判的關鍵時候。」

范長天搖搖頭，語重心長地說道：「我勸你現在趕緊追過去，答應史蒂夫一億美元的出價，或許事情還有轉機。否則，你會失去這次難得的機會。」

「失去就失去了，無所謂。」商深不為所動，彷彿一億美元是一塊錢一樣，拿不拿都影響不大。「還有，我再強調一遍，我是不是國內ＩＴ業的一流人物，我心中自有計較，不勞您費心。」

見商深依然執迷不悟並且頑固不化，范長天對商深的厭惡更加深了幾分，他怒極反笑，站了起來：

「好吧，既然你覺得我的話多餘，我也不白費力氣了，但願你還有成功的機會。年輕人，有時候謙虛低調才有百分之一的成功機會。你再這樣下去，別說可以趕上葉十三了，恐怕連生存都成問題，你……好自為之吧！」

人都走了，僻靜的角落只剩下商深一人，他眼神若有所思地望向了遠處，彷彿是在思索剛才發生的一切，彷彿又什麼都沒有想，只是在靜靜地等候。

等什麼呢？等候最後的契機。

商深其實心中也有幾分焦急，剛才史蒂夫的一番話，多少在他的心裡激

起了波瀾，不過冷靜下來後，他發現史蒂夫話中透露著玄機，似乎有所保留，就猜測史蒂夫可能留有後手。

再說，就算史蒂夫求證的對象是一個外行，說出一些不符合實際情況的話，史蒂夫也沒有必要說走就走，不留談判餘地。商深相信自己的判斷，史蒂夫是出於商業的策略，採取的是欲擒故縱的手段。

但等了十幾分鐘後，仍不見史蒂夫的人影，商深開始懷疑自己的判斷，難道是他猜錯了？

正不得其解之時，忽然右前方一個熟悉的聲音傳來：

「夏總，我的誠信不會有問題，不信你問問北京的崔涵柏，你肯定也知道他，我和他合作過一筆千萬的生意，非常愉快，他在沒有見到貨物的前提下就先付了全款……」

商深瞬間回到了現實之中，暫時將史蒂夫拋到腦後，因為他立刻分辨出聲音的主人竟然是——黃廣寬！

騙走了崔涵柏一千萬的黃廣寬！

騙子就是騙子，居然還敢拿他詐騙的例子來證明他的誠信，真是無恥到家了，商深二話不說站了起來，大步流星朝黃廣寬走去。

黃廣寬西裝革履，打扮得人五人六，不知道的人還會以為他是哪家公子哥或是影視明星，哪裡會相信他是騙子，這年頭，騙子不但職業化了，還提升了檔次，注重外表和文化了。

「我手中有一批緊俏物資，本來是想賣給崔涵柏崔總的，不過，我和夏總一見如故，覺得十分投緣，夏總又迫切需要這批物資，這樣好了，這批物資就先給夏總，價格還按和崔總談好的那個價格。」

黃廣寬眼看又要釣到一條大魚，正施展著三寸不爛之舌，使盡了渾身解數忽悠對方。

「崔總那兒，我會和他說個清楚。崔總也是通情達理的人，肯定會理解夏總的難處。說不定經過這次之後，在我的介紹下，夏總和崔總還會成為朋友，以後也會有許多合作呢。哈哈，多個朋友多條路不是？」

站在黃廣寬對面的夏總，手端一杯紅酒，凝神聆聽黃廣寬的演講。他長得肥頭大耳，一個大大的蒜頭鼻子上架著一付金絲眼鏡，眼睛很小，又喜歡瞇著眼睛，眼睛就縮成了一條細縫。

「謝謝黃總的盛情，不過搶了別人的生意終歸不好。」夏總推了推眼鏡，一笑，臉上的肥肉就顫動幾下，「而且說實話，你的價格雖然不高，但條件太苛刻了，需要先預付一半的訂金，你也知道我是國企，從來沒有先付一半訂金的，我很難說服其他人同意這個條件，你這樣讓我很為難呀。」

「夏總說笑了，您是一把手，怎麼付訂金，訂金又要付多少，還不是您一句話的事？」

黃廣寬聽出夏總的語氣有鬆動，鬆動之中又有暗示，就伸出手，和夏總握了握手，「我也知道夏總會為難，不會讓夏總白辛苦。」

趁握手間，一塊勞力士金表已經從黃廣寬的手中轉移到了夏總的手中。

夏總順勢將表裝進口袋，伸出了三根手指：「三成。」

黃廣寬哈哈一笑，對夏總的貪婪算是有了切身體會，伸出兩根手指：「兩成。」

商深站在不遠處，將二人的交易盡收眼底，聽二人在眾目睽睽之下討論回扣問題，不由大生感慨，黃廣寬抓住了人性中的弱點，比如崔涵柏急於求成，比如夏總意欲中飽私囊；總之，騙子都是某種意義上的心理學專家，很懂得找出人性中最醜惡的一面，然後加以放大，最終行騙成功。因而一個被騙的人先不要怪騙子太狡猾，而是要反思自己有多貪心。

「好！三成就三成，我也不多說了，希望交夏總這個朋友，多點少點無所謂。」

黃廣寬故意進進退退，要的就是讓夏總相信他是在真心做生意而不是行騙，自從騙了崔涵柏一千萬後，他嘗到了甜頭，發現還是騙錢利潤更大，所以最近一直沒有做正當生意。何況騙錢是百分之百的利潤，是空手套白狼，正當生意還需要本錢，利潤再高也沒無本生意高。

「成交？」

夏總見黃廣寬接受了三成回扣的條件，十分高興，舉起了酒杯。

「成交！」黃廣寬和夏總碰杯，喜形於色，「希望以後有機會繼續和夏總合作。」

「祝賀黃總又做成了一筆大生意。」

黃廣寬正暗自慶賀又一條大魚上鉤之時，冷不防身後傳來一個既熟悉又陌生的聲音，他莫名其妙打了一個激靈，真是冤家路窄，怎麼偏偏在這裡也能遇到這個瘟神？

沒錯，自從上次北京之行被狠狠修理了一頓之後，黃廣寬一直私下裡稱呼商深為瘟神，因為每次遇到商深，必有壞事發生。他就一心認為，商深就是專門為他帶來厄運的瘟神。

黃廣寬騙了崔涵柏一千萬之後，倒不擔心崔涵柏的報復，因為他和崔涵柏的交易不能擺到明面上，崔涵柏只能吃啞巴虧，他擔心的是商深替崔涵柏出面。由於幾次和商深打交道的結果從來沒有勝過，他打心眼裡對商深有了莫名的畏懼心理。這也是黃廣寬出道以來，第一次害怕一個人。

崔涵柏來深圳幾次，沒能找到他的藏身之處，商深也不見有所動作，黃廣寬就漸漸放鬆了警惕之心。今天剛好有一個實體經營發展論壇前瞻的會議，他就想方設法弄了張邀請函混了進去，假裝是上層社會的成功人士，伺機找對象下手。

一切如他所願，順利地騙到了一個傻瓜，不料正在收網的時候，瘟神商深竟然出現了！

黃廣寬暗中咬牙，卻還假裝滿面春風，熱情的伸開雙臂，上來給商深一個擁抱：「哎呀，商總，你怎麼來深圳也不說一聲，太見外了不是？要是知道你來深圳，我肯定得開著賓士去機場接你。」

商深也回應了黃廣寬一個熱烈的擁抱，雙臂用力，差點沒勒得黃廣寬喘不過氣來。

「黃總，我來深圳也是事發突然，沒來得及通知你。下次一定提前說一聲，也好享受一下黃總的熱情好客。」

「嗯，嗯。」黃廣寬被商深勒得臉都漲紅了，卻還要假裝若無其事，他用力掙脫商深的胳膊，打了個哈哈，「商總來深圳，有何貴幹？」

難不成商深是專程為他而來？黃廣寬做賊心虛，心裡不停地敲鑼打鼓。

「來談一筆生意。」商深早就看出黃廣寬目光躲閃不定，心中暗笑，不做虧心事，半夜敲門心不驚，黃廣寬縱橫江湖多年，見到了債主也難免心虛啊，他還以為黃廣寬已經修煉到了不動如松的高深境界。

其實商深不知道的是，黃廣寬在別人面前的確已經修煉到不動如松的境界了，只有在他面前才會產生不同尋常的畏懼心理。一個人在另外一個人面前先輸了氣勢，以後想要再重新贏得心理優勢就很難了。

「大生意？」黃廣寬故作輕鬆。

「也不算大，一兩億左右。」商深微微一笑，彷彿一兩億真不是什麼大生意一樣，「對了，是美元。」

聽到一兩億的時候，黃廣寬的眼皮迅速跳了幾下，再聽到是美元時，更是嚇了一大跳，手中的酒杯差點失手落地。

開什麼玩笑，他折騰了這麼多年，騙了那麼多人，到現在為止，全部身

家也不過五六億……人民幣，商深算老幾，一出手就是一兩億美元的生意，肯定是在吹牛皮。

「商總做什麼生意啊，一出手就是一兩億美元的大手筆，真是厲害。」

夏總主動和商深握手，滿臉堆笑，「不才夏連生，是北京一家公司的副總。」

「夏總原來也來自北京，真巧，他鄉遇故知，有緣，有緣。」商深和夏連生握手，俯在夏連生耳邊耳語了幾句什麼。

「哈哈，商總也是一個妙人。」夏連生開心地大笑，肚子上的肥肉隨之顫動，「好說，好說，回到北京我們再找時間好好聊聊。」

黃廣寬眼睛亂轉，不知道商深對夏連生說了些什麼，萬一商深揭他的老底，夏連生不和他合作，他到手的鴨子可就飛走了。

這麼一想，他忙伸手一拉商深：「商總，有話明說，當著我的面和夏總竊竊私語可不太好呀。」

「是不太好，不過黃總不要多心，我沒說你壞話。」商深哈哈一笑，伸手抱住黃廣寬的肩膀，「你和夏總談成了一筆兩千萬的生意？不錯嘛，可喜可賀。」

黃廣寬心中七上八下，不知道商深到底在打什麼主意，只好打著哈哈說：「和商總沒法比啦，商總一動就是一兩億美元，我只是小打小鬧而已。對了商總，你的兩億美元的生意到底是什麼生意啊？」

「既然是美元，肯定是和美國人做的生意了。」商深見時機差不多了，便說：「黃總，你最近手頭寬綽了吧？上次你向我借的一千萬說是三個月後還，現在都過了半年，也該還我了吧？我前段時間在忙公司上市的事，顧不上聯繫你，你也真是的，關係熟歸熟，錢到期了也得還吧，是不是？」

黃廣寬眼前一黑，如同被打了一記悶棍，他雖然猜到商深有可能會替崔涵柏出頭，卻沒想到商深直接將自己當成崔涵柏，利用這個敏感時機單刀直入地討債了。

問題是他已經在夏連生面前製造了他和商深是關係密切的合作夥伴的假象，戲就得繼續演下去，否則一旦露餡，他和夏連生才剛談成的生意就要泡湯了。

和夏連生的生意是兩千萬，騙崔涵柏的是一千萬，哪頭輕哪頭重，他還掂量得清。

「我……」

黃廣寬被商深逼到了懸崖邊上，一咬牙，心一橫，「真是不好意思，商總，我現在手頭還不太寬裕，你的錢，過段時間再還好不？我們都是多年的合作夥伴了，我的信譽你又不是不知道。」

「我是很相信黃總的信譽，不過現在是非常時期。你剛才也聽到了，我正在運作一筆上億美元的生意，最低一點五億，運作成的話，有可能會賺到兩億，所以我急需用錢。如果你現在還錢，我們還是好朋友，而且賺美國人錢的機會，我也會幫你介紹一下，不敢說包你能賺多少，但能賺到一兩千萬美元的可能性還是有的，主要是看你自己的能力和水準了。」

「真的？真的有賺美元的機會？」夏連生一聽立刻來了興趣，小眼一瞇，笑得十分貪婪，「商總，商老弟，有這樣的好機會，你可不能忘了老哥。」

才見面幾分鐘，夏連生就對商深稱兄道弟了，果然是久經政商兩界的老江湖，套交情的功力一流。

黃廣寬行騙多年，疑心重，商深的話，他連一半也不信，吐嘈道：「真有賺一兩億美元的機會，你會介紹給我？商總，我們雖然關係不錯，但你這句話我可不信。」

商深哈哈大笑：「黃總，這就是你的不對了。錢是永遠賺不完的，尤其是美國人的錢太多了，只要你有本事，別說一兩億了，十幾億都能裝進你的口袋。難道說我賺了美國人兩億，你就不能再賺美國人三億了?!你給個痛快話，到底想不想賺美元吧？」

想！傻瓜才不想。

但想歸想，黃廣寬就怕是陷阱，他太清楚他和商深之間的仇恨有多深了，眼睛轉了轉，嘿嘿一笑：「能賺美元當然是天大的好事，賺一塊頂八塊，可問題是，我沒有賺美元的命。商總，錢的事，你再容我緩一緩，最多一個月後我一定還你。」

第四章

失敗了，是機遇未到

商深心境忽然平和下來，許多事情強求不得，

況且此來深圳，他也不是為了出售公司和找黃廣寬討還公道而來，

只不過陰錯陽差下正好遇上了而已。

成功了，是機遇；失敗了，是機遇未到，不必太過在意。太在意就輸了。

一個月？一個月後黃花菜都涼了，商深怎麼可能讓黃廣寬逃過?!好不容易碰到他，讓他跑了就太可惜了。

他一把抓住黃廣寬的胳膊：「黃總，如果你立刻還錢，我就不把你做的壞事告訴夏總，要不，嘿嘿，你私下裡幹了些什麼，夏總都會一清二楚。」

聽到商深威脅的話，黃廣寬一顆心提到了嗓子眼裡，萬一商深揭穿了他的老底，他在夏連生面前身分暴露，即將到手的兩千萬也就飛走了。

怎麼辦？黃廣寬十分為難，還錢吧，已經到手的錢再吐出來，比割肉還痛。雖然是他騙來的錢，但他的原則一向是只要裝進了他的口袋，就是他的錢了，他怎麼可能再掏出來？不還吧，商深肯定不會放過他，會在夏連生面前說三道四，剛才商深已經悄悄向夏連生說了些什麼了……

再者，兩億美元的生意也讓黃廣寬心癢難抑，雖然他有些懷疑商深的話，但萬一是真的呢？以他對商深的瞭解，雖然商深為人無恥並且無賴了些，但說話一般情況下還算靠譜；再根據他從黃漢、畢京處得到的情報綜合下得出結論，商深此人辦事十分穩重，輕易不會誇大其詞。

捨一千得兩千，外加可能的額外收益，權衡得失下，黃廣寬的心思有幾分動搖了。反正一千萬還給商深也沒有什麼損失，本來就是白得來的嘛。

黃廣寬思忖再三，終於下定決心：

「商總，人不風流枉少年，哈哈。這樣好了，你要是真能介紹美國客商給我和夏總認識，看在你為我和夏總爭取了生意機會的面子上，我馬上還你那一千萬，怎麼樣？」

「好，一言為定。」商深哈哈一笑，拿出了銀行卡，「來，黃總，你先通知公司財務記下卡號，等美國客商一出現，你就立刻通知財務匯款，怎麼樣？」

「沒問題。」

黃廣寬對商深的話又信了幾分，既然商深有保障，他的底氣就又足了幾分，「商總，美國客商在哪裡？什麼時候能到？」

「不急，你先安排好財務匯款的事吧。」商深笑眯眯地遞上了銀行卡。

黃廣寬遲疑一下，又有幾分退縮了。

商深一拍他肩膀：「黃總，成功的男人之所以成功，就是因為有拿得起放得下的勇氣，有當機立斷的決心。你這麼瞻前顧後，等下就算見到美國客商，也很難談成合作。美國人的思維和我們不一樣，他們喜歡有魄力的人，是吧夏總？你看夏總就很有魄力，兩千萬的生意，眼睛眨都不眨就拍板了。

要不，你先別還一千萬了，我和夏總合作好了，拿夏總的兩千萬去和美國人做生意，一轉眼就能賺兩千萬美元。」

夏連生也附和：「才一千萬就這麼磨嘰，黃總，你再這樣，我對你就沒有信心了，還真不如和商總合作，估計會賺得更多。」

「說得好像我沒有魄力一樣。」黃廣寬不敢再猶豫了，生怕夏連生和商深都反悔，忙拿出電話打給財務，交代完後，意味深長地看了商深一眼，「商總，美國客商什麼時候到？」

「剛才去洗手間了，應該快回來了，不急，我們坐下等他。」

商深說不急，其實心裡也頗為焦急，現在他的希望全部寄託在史蒂夫身上了，他從來沒有像現在一樣，如盼星星盼月亮一樣盼望著一個美國人的出現。

坐下後，幾人各自要了飲品，邊喝邊聊，都是些天南地北不著邊際的話題。夏連生和商深聊得十分投機，可能因為同是北方人的緣故，不一會兒兩人就打成一片。

二人關係越近，黃廣寬的危機感就越強烈。他連喝了幾杯紅酒，還不見美國客商出現，不由問道：「商總，美國客商不會不來了吧？」

「不會的，史蒂夫沒說要走，以美國人的信譽，不會不辭而別。」

嘴上這麼說，商深心裡可沒底，美國人不講信譽的也多了去了，況且他只是根據自己的推測來判定史蒂夫沒有離開，但萬一他的判斷是錯的，今天這局就算徹底輸掉了。

「還要等多久？能不能打個電話讓他現在過來？」

時間越久，黃廣寬越沒耐心，他怕中了商深的陰謀詭計。沒辦法，經常騙人的人更是多疑。

「商總，你不會是騙我們玩吧？現在可是晚上，晚上走夜路，不太安全哦。」

「哈哈，黃總太有意思了，我一兩億美元的生意都不擔心，你不過是還我一千萬人民幣，急什麼？美國和中國時差十二個小時，現在美國正是白天。史蒂夫正在向美國總部請示，通話時間長可以理解。」

黃廣寬想說什麼，還沒張口，夏連生卻一拍大腿搶先道：「要是我，現在就匯款給商總了，黃總，不是我說你，你的缺點就是太多疑。商總對你不錯啦，是你欠商總的錢，他不但不急著要你還，還介紹生意給你，你應該慶幸認識了這麼好的一個朋友。生意夥伴只是暫時的，朋友才是長久的。」

「是，是，夏總高見。」

黃廣寬心裡腹誹道：夏連生你懂個屁，嘴上卻是大拍夏連生馬屁，錢還沒有到手，夏連生就是財神爺；錢到手之後，他就是笨蛋了。

「夏總到底讀書多，知識面廣，每句話都有內涵。」

又等了十分鐘，黃廣寬再也坐不住了，站起來原地打著轉：「怎麼還不來？商總趕緊打個電話問問，會議還有五分鐘就要結束了。」

商深看了看表，心中也有幾分焦急，但仍故作鎮靜：「上桿子的不是買賣，黃總，在和外國人打交道時，要充分表現出沉穩的風範。」

「也是，也是。」黃廣寬已經被夏連生和商深搞暈了，卻還不得不陪著笑臉，心裡早就罵個沒完了。

「各位，會議結束，感謝各位貴賓的光臨，讓我們期待下次再聚。」

隨著主持人聲音的響起，會議就此正式結束了，

「看來商總今天是拿不到錢了，真遺憾。」

黃廣寬的耐心已經完全消耗殆盡了，陰陽怪氣地說：「商總，這個可不怪我，是美國客商沒有出現，不好意思，錢還不了你了。」

商深心中也是遺憾遍地，難道說他真的猜錯了，史蒂夫不是虛晃一槍，

而是真的離開了？原以為今天會收穫豐厚，沒想到一無所獲。

算了，願賭服輸，生活不可能事事如意，商業上的事，變數太多。

「我說話算話，美國客商沒出現，錢就先不用還了。」商深大度地一擺手，起身和夏連生握了握手，「夏總，等回到北京後，我們再聯繫。」

「好，保持聯繫。」

夏連生對商深印象不錯，雖然美國客商沒有出現他也微有失望。

商深告別了黃廣寬，回到馬化龍、王向西幾人面前。范長天、許施、范衛衛和畢京都還在，幾人似乎都在等候一個結果。

見商深一臉失望地回來，畢京就猜到了結局，嘿嘿一笑：「商深，是不是一無所獲？一無所獲就對了，就你這樣的人要是能成功的話，就太沒有天理了。」

商深本來心情就不好，頓時火冒三丈，伸手抓住畢京的衣領：「畢京，你敢再胡說八道，我讓你回不了北京！」

畢京嚇得腿都軟了，如果不是因為范長天和許施在旁邊，早就一屁股坐在地上了。范長天和許施對視一眼，兩人不約而同地想到……真是個窩

囊廢！

范衛衛向前一步，推開商深：「放開他，商深。」

商深立刻放開了畢京，伸手拍了拍畢京的衣服：「畢京，有時間去看看心理醫生，心理上沒斷奶是病，得治。」

馬化龍和王向西聞言哈哈大笑。

「成功都是必然的，失敗也是。」范衛衛雖然也看不起畢京的所作所為，卻不得不維護畢京，加上商深今晚最終是以失利告終，就忍不住嘲諷幾句，「商深，你該好好反思一下自己了。」

「謝謝提醒。」商深淡淡地看了范衛衛一眼，和馬化龍一起下樓。

到了樓下，商深和馬化龍、王向西來到車前，心中確實有幾分失落和不甘，回想他和史蒂夫交鋒的過程，沒有什麼紕漏之處，為什麼史蒂夫連談都不再深談下去，難道說，真的如范長天所說，他高估了自己在ＩＴ業內的地位？

算了，不去想了，不管范長天和史蒂夫如何看他，他不能丟掉自信。

商深拉開車門，抬頭一看，不遠處，范長天、許施、范衛衛、畢京一行和黃廣寬、夏連生站在一起，幾人有說有笑，還不時朝他看上幾眼，想都不用想，肯定是在嘲笑他今天所遭遇的一切。

搖搖頭，商深心境忽然平和下來，許多事情強求不得，況且此來深圳，他也不是為了出售公司和找黃廣寬討還公道而來，只不過陰錯陽差下正好遇上了而已。成功了，是機遇；失敗了，是機遇未到，不必太過在意。太在意就輸了。

想通之後，商深神清氣爽，哈哈一笑，坐進車裡，大手一揮：「開車。」

王向西親自擔任司機，發動汽車，一打方向盤，車子朝停車場的出口駛去。

范長天一行站在停車場出口不遠處，商深的車正好路過范長天幾人身邊。出於禮貌，王向西輕輕一點剎車，汽車停了下來。

商深打開窗戶，朝范長天、范衛衛幾人揮手：「范伯伯、許阿姨、衛衛、畢京、黃總、夏總，再見。」

「商總再見，保持聯繫。」夏連生伸開大拇指和小拇指，做了個打電話的手勢，笑得很燦爛很開心。

「再見。」

黃廣寬目光陰沉，心中卻是患得患失，既為商深沒有拿走一千萬而慶幸，又為沒有見到美國客商而懊惱，話也不肯再多說一句。

「深圳不是你想待就能待的地方，在北京混得好，未必就能在深圳混得開。」許施冷冷一笑，「商深，希望你以後腳踏實地，不要再好高騖遠了。」

「商深……」

和許施的刻薄相比，范長天語重心長的口氣，就更像是一位德高望重關心後進的長者，他微微搖頭，「你還年輕，以後要走的路還很長，遇到事情的時候一定要記住一句話——事緩則圓。謙虛、謹慎永遠是進步的階梯，成功的助力。」

「謝謝范伯伯教誨。」商深靦腆地說，「我一直在堅持事緩則圓的理念，就像剛才史蒂夫打電話求證我在中國IT業的地位後，沒有明確告訴我一個結論轉身就走，我也沒有追上去，就是認準了一個道理——事緩則圓。」

「臉皮真厚。」畢京對商深的理由嗤之以鼻，「人都丟到美國了，還不知悔改，商深，你不覺得自己太沒有底限了嗎？」

商深淡淡地看了畢京一眼，說：「如果我說我事緩則圓的策略奏效了，不但沒有丟人丟到美國，而且還會為國爭光賺到了外匯，畢京，你怎麼說？」

「到這時候了你還信口開河？」

畢京很是無語，當著所有人的面一拍胸膛說道：「如果你真成功了，我叫你三聲爺爺。」

「算了吧，我可沒你這麼大的孫子。」商深哈哈一笑，「你只需要自己打自己三個耳光就行了，敢不敢？」

「怎麼不敢？」畢京被商深的話激起了怒火，「如果你沒成功，你跪在地上喊我三聲爺爺。」

「好，只要你不怕折壽就行。」

商深坐在車內，扭頭看向了黃廣寬，「黃總，你呢？」

「我？」

黃廣寬沒想到商深的槍口又對準了他，微一遲疑，說：「如果美國客商還能出現的話，我在三分鐘內立即匯款給你。」

「好！」

商深推開車門下了車，轉身朝車尾的方向望去，叫道：「史蒂夫，不要急，慢點跑，我會等你。」

此話一出，一眾皆驚！所有人都順著商深的目光朝後面張望，幾十米開外，一個老外正氣喘吁吁飛速跑來，邊跑還邊揮舞手臂，嘴裡不停地在說些什麼，由於離得遠，加上人聲嘈雜，聽不清他的話。

范衛衛驚呆了，不會吧，史蒂夫真的去而復返了？商深也太老謀深算了，他怎麼知道史蒂夫一定會再回來？

范長天和許施也震驚無比，二人已經無法形容當下自己的心情了，愣在當場說不出話來。

黃廣寬更是張大了嘴巴，直直地看著史蒂夫如巨大的陰影一般迅速逼近，瞬間大腦短路，不曉得該怎麼形容自己的心情。

畢京直接後退兩步，身子一晃，如果不是正好靠在范長天的賓士車上，肯定會跌坐在地上。

如果說，之前范衛衛覺得商深變了許多，變得比以前更做作，更會故弄玄虛，現在她才發現，其實是她的心境變了，商深一直沒變，他依然是那個沉穩有度的商深。他沒變，變的是她，她不再和從前一樣心平氣和地看待商深的一言一行了。

「商，等等，等等我。」

史蒂夫奔跑的姿勢就如一隻飛翔的大鳥，他左衝右突分開眾人，一口氣不停地衝到商深的面前。

「我剛剛得到董事會的授權，現在，我正式對你的公司提出收購意向，報價……」

所有人都屏住了呼吸，就連車內的馬化龍、王向西也是一顆心提到了嗓子眼裡，還以為史蒂夫打了退堂鼓，沒想到眼見就要離開之時，史蒂夫又急不可耐地出現了。

馬化龍和王向西都清楚一個事實，史蒂夫一副唯恐商深走掉的迫切姿態，就說明史蒂夫慌了。在談判中，越在意的一方就是越想成交的一方。

「對了，剛才我打電話求證你在中國ＩＴ業算是什麼級別的人物，你自稱是一流……」

史蒂夫並沒有當眾報價，狡黠地眨了眨眼，對周圍想要聽到準確報價的眾人笑了，「得到的結果是，你不是中國ＩＴ業的一流人物……」

畢京得意地笑了，商深呀商深，你今天也太搞笑了，到底演的是哪一齣啊？一會兒東一會兒西，一會兒上一會兒下，是唱的京劇還是黃梅戲？

范長天儘管掩飾得很好，但眼神中的笑意還是流露出他對商深被貶低的欣慰之情，許施甚至已經做好冷笑和嘲笑了。

「你不是中國ＩＴ業的一流人物，你是中國ＩＴ業一流中的一流，是頂尖人物！」

史蒂夫也不知是不是故意大喘氣，等眾人都做好準備後，他停頓了一會兒才說出他的答案。

「所以，董事會緊急召開會議，對貴公司的收購進行了認真的研究，經研究決定，委託我全權處理收購事宜。根據我的評估，對貴公司的最終報價是一點五億美元。」

一點五億……美元？

畢京期待中的勝利沒有到來，他正站在高山之巔享受陽光和清風，愜意之餘俯視大地，在山腳下，商深就如一棵卑微的小草。沒想到史蒂夫的話就如一記重腳，一腳將他從高山之巔踢落，他從雲端墜落，一頭摔下了萬丈深淵。

怎麼會這樣？商深怎麼可能是中國ＩＴ業中的頂尖人物？商深的公司怎麼會賣到一點五億美元，還超過葉十三公司三千萬美元之多？

畢京接受不了如此的巨大反差，眼前一黑，身子一軟，居然當場昏了過去。

「商，我希望我們坐下繼續談談，前面有一家咖啡館……」見商深沒有反應，史蒂夫以為商深改變了主意，忙提出進一步深談的提議。

許施精心準備的嘲諷都到了嘴邊，只等史蒂夫說完之後就向商深發難，不想史蒂夫的話說完，她就如被打了一個大大的耳光，耳朵嗡嗡直響，眼前金星亂閃。

怎麼可能？商深的公司賣出了一點五億美元？不可能！絕不可能！商深的公司根本不值那麼多錢，他憑什麼?!

是呀，商深憑什麼？范長天心中既驚駭又感慨，驚駭商深終非池中物，想起初見商深時，商深還不名一文，不到兩年的時間，再次在深圳和商深見面，商深在他的面前魚躍龍門，締造了屬於自己的傳奇，他是該為商深的成功感到慶幸，還是為他當年沒有眼光，錯失了商深而感到沮喪？

早知商深有今日的成就，當初他如果不反對女兒和商深的戀愛，資助商深創業，現在他該有多自豪他投資了一個回報超過千倍的潛力股。現在，商深是崔涵薇的商深，商深的資產也是他自己的資產，和范家沒有絲毫干係。

難道說，他真的老了，真的適應不了互聯網時代了？范長天此時的心中除了震撼之外，還有深深的失落和無奈。

馬化龍和王向西在車內都露出了勝利的笑容，二人鼓掌相慶。

黃廣寬左手用力一掐右手，痛感提醒他眼前的一切不是夢境，是活生生的現實。在史蒂夫報出一點五億美元的價格後，他迅速做出一個大膽的冒險舉動——事後他分析自己當時是處於一種過度興奮的狀態，所以才會如此不理智——拿出電話打給財務，讓財務立刻轉帳一千萬給商深。

黃廣寬行騙江湖多年，深知一個道理——捨不得孩子套不到狼。他以前一直覺得比商深強許多，但在商深的公司賣出高價後，他再次領悟一個道理：小騙騙百萬，大騙騙億萬。若要成巨騙，必須騙美元。

一千萬人民幣算什麼？商深眼睛不眨，坐在車裡不動，就有人主動送上一點五億美元，他和商深的差距，還真有十萬八千里之多。

不行，一定要痛改前非，從此只騙美元。

兩天後，北京。

深秋的北京，姹紫嫣紅，天藍水清，商深和崔涵薇、藍襪、徐一莫一行七人，來到了香山之頂。

站在香山之下，整個北京盡收眼底，紫禁城、中南海、天安門，點綴在高樓大廈之間，在秋日陽光的照耀下，熠熠生輝。

除了商深、崔涵薇、藍襪和徐一莫之外，今天的聚會，還有文盛西、歷隊和歷江。基本上商深在北京關係最好的朋友，全數到齊。

今天的聚會，是由徐一莫發起的。其實按照商深的意思，隨便找個地方吃個飯慶祝一下就行了，酷愛運動的徐一莫卻不同意，非說現在的季節如果不爬香山就太對不起良辰美景了。

藍襪和崔涵薇也附和徐一莫的提議，雖然商深並不是一個懶人，但剛從深圳回來，處理了一大堆事的他，實在是有點累，不過為了不掃美人們的興，沒辦法，只好答應了。

在深圳，史蒂夫又和他繼續談了一個小時後，就決定第二天和他一起到北京。

次日，商深和史蒂夫一起飛回北京，然後召開董事會，最終和史蒂夫達成了協議，施得公司以一點五二億美元的價格出售百分之百股份。

公司出售之後，商深等人將不會再在公司擔任任何職務，不過作為公司的顧問，商深有義務指導公司的發展方向。

雙方簽署了同意書，史蒂夫當即飛回美國，等董事會批准之後，就會完成交接手續。

一切順利，商深心情大好，既然要去爬香山，不邀請三兩好友豈不辜負了大好秋光？他就邀請了文盛西和歷隊、歷江同行。

崔涵薇比商深還要開心，公司賣出了高於預期的價格是一方面，商深又替崔涵柏索回被黃廣寬騙走的一千萬算是意外驚喜。

崔涵柏在接過商深遞來的銀行卡時，雙手顫抖，幾乎不能自抑，最後撲通一聲跪在商深面前，淚如雨下。

崔涵柏不是為了錢而下跪，以他的出身，就算崔明哲知道他被騙了一千萬，也不會拿他怎樣，崔家也完全承受得起一千萬元的損失。他是為失而復得的自信和尊嚴下跪，被騙了一千萬，經濟上的損失倒在其次，心理上的打擊讓他有了巨大的挫敗陰影。

商深成功討回一千萬，讓他再次重拾自信，恢復了東山再起的勇氣，他對商深的感激無以言表。從此視商深為最親的親人，也接受了商深可以娶崔涵薇的事實，並且表示商深和崔涵薇的婚禮由他負責操辦，還建議兩人的婚期最好定在元旦，象徵在新的一年有新的開始。

商深的事業和人生，即將迎來一次重大的轉折！

「下一步怎麼辦？刀槍入庫，鑄劍為犁。馬放南山，卸甲歸田……」

下山時，文盛西感慨道：「你和涵薇的股份加起來有百分之六七十了吧？算起來有一億多美元的現金，合八億多人民幣，天天在家睡大頭覺也夠吃一輩子了。唉，人生真是寂寞如雪呀。」

「一邊去。」商深笑道，「我現在就混吃等死，不是辜負了大好年華和這個最好的時代？我要繼續創業。不對，不再是創業了，而是投資。」

「好耶，這樣等我以後創業的時候，就有資金可用了，哈哈。」

歷隊從後面冒了出來，擠到商深和文盛西的中間，一左一右抱住商深和文盛西的肩膀，「也許有一天我會做電子產品硬體，到時你給我提供資金，你給我提供銷售平臺，我只管做好設計和品控就行了，怎麼樣？」

「你倒是會算計啊，」文盛西哈哈大笑，「不過，我不覺得以後做電子產品硬體會有前景，現在從電腦到數位相機再到手機，都是國外品牌的天下，國產品牌能在重重包圍下殺出一條血路嗎？」

「能，肯定能。」歷隊拿出了自己的手機，是一款易立信的翻蓋手機，

「這是劉德華代言的手機，雖然做工精緻，但問題也不少，比如通話聲音太小，有時會通訊不良等等，任何產品都不會十全十美，在研究了各大品牌的手機，發現它們的優缺點後，我對以後自己設計一款物美價廉的手機就更有信心了。」

「你以後想做手機？」商深忽然發現歷隊雖然是個程式設計天才，對硬體也有著莫大的興趣。

「只是一個不成熟的想法，不過以後到底怎樣……誰知道呢？」歷隊搖頭一笑，「萬一到時我真改行做手機了，你們不要忘了現在的承諾，到時一定記得幫我。」

夕陽西下，餘暉美不勝收，呈現一派大美無疆的景象。商深坐在一塊大石頭之上，不肯再動上半分。

「記得小時候經常看到落日和紅霞，真是漂亮，再有歸鳥飛過，雁聲陣陣，鳥聲啾啾，感覺時光是那麼的悠長和親切。現在在城市裡，被鋼筋森林遮擋，基本上看不到落日的景象了，人生，總是在得失之間大步向前，並且永不回頭。」

「小時候我經常下河游泳，有時也會在河邊一坐坐上半天，聽河水嘩嘩的聲音，感受清風的輕盈，再曬著暖暖的陽光，有時就想，人最幸福的時候，其實是思想無拘無束飛翔的時候，而不是功成名就。人擁有的越多，就負重越多，活得越累。」

文盛西對商深的感慨深有同感，凝望著雲彩出神。

歷隊也嘆道：「至少我們還有過無憂無慮的童年，現在的孩子，連童年的快樂都被剝奪了，真是可憐。」

歷江樂觀地說：「讀書人才有那麼多的感慨，我才不會去想過去的事，我只想明天怎麼生活得更好，什麼時候才能娶衛辛進門，什麼時候才能賺到更多錢好買房買車，北京的房價越來越貴，再不買，以後就更買不起了。」

「哈哈……」

眾人被歷江的話拉回到現實中，人長大了，就需要擔當起應有的社會和家庭責任，累是累，卻是必須經歷的人生階段。人可以偶爾緬懷過去，也可以暢想未來，但終究還是要生活在現實中。

「歷江，你和衛辛發展到哪一步了？」歷隊笑問。

「經過半年多艱苦卓絕的追逐戰，現在衛辛已經答應做我的女朋友了，不過要說結婚，可能還得再一段時間。不急，慢火熬細湯，我有耐心。」歷

江嘿嘿一笑，「商哥，現在企鵝公司越來越有發展前景，不過看起來好像還是比不上芝麻開門，我現在手頭又有了幾萬塊的積蓄，你說是投資企鵝還是芝麻開門？」

不等商深說話，文盛西便哈哈大笑：「幾萬塊？歷江你別鬧了，現在企鵝和芝麻開門都今非昔比，沒有幾百萬美元，和馬化龍、馬朵根本說不上話，你以為你是商深呀？可以拿幾萬塊擺在馬化龍和馬朵面前，然後氣勢十足地說，小馬哥、大馬哥，我的幾萬塊投資你這兒了，給多少股份，你們看著辦……」

歷江撓撓頭：「我也認識大馬哥，還和大馬哥一起喝過酒，他不至於現在不認識我了吧？」

「他不會不認識你，不過他的手下不會安排你和他見面，因為你在他的關係網裡，不算是至關重要的一個環節，懂了沒有？」文盛西繼續說道：「這不是人一闊臉就變，而是人之常情。就好比你有一天當上了警察局長，你身邊會有許多朋友一窩蜂去找你辦事，你肯定會有選擇地見哪些人，不見哪些人。」

歷江點點頭：「這我可以理解，只是我沒想到，小馬哥和大馬哥的步伐邁得太快了吧？這才多久，他們就連幾萬塊都不放在眼裡了。」

「你是被商深欺騙了，覺得商深好說話，別人就都好說話。話又說回來，你的幾萬塊現在商深還會放在眼裡嗎？」歷隊笑了。

「說得也是。」歷江抓了抓後腦勺，嘿嘿地笑。

「不過商深就是商深，他就算再看不上你的幾萬塊，你現在拿出來給他，他還是會算你股份。」文盛西一推歷江，「你捨近求遠，非要去投資小馬哥和大馬哥，卻不知道財神爺就在眼前，太笨了你。」

「真的？」歷江眼前一亮，「商哥，我拿出五萬塊，算我多少股份？」

商深無奈地笑說：「算你百分之零點一好了。」

第五章

致命一擊

眼見矮個的刀就要落在商深的後背之時，商深身子猛然朝前一衝，
向前滑行了一米多，堪堪躲開了對方的致命一擊。
對方收勢不住，一刀砍在商深身坐的石頭上，
堅硬的石頭硬生生被砍出一條白印，可見對方出手之狠。

「啊，這麼少？」

「知足吧你。」文盛西暗讚商深夠朋友，打了歷江一拳，「商深的新公司成立時，註冊資金不會少於一千萬……美元，算你百分之零點一，你已經是占大便宜了。」

「那可不行，我不能沾光，有多少算多少，要不我心裡不踏實。」歷江為人直爽，又一直以商深的鐵哥們自居，占朋友便宜的事情他做不出來。

商深擺了擺手：「等公司正式成立的時候再說，現在說太早了。」

公司出售所得的一點五二億美元中，還有歷隊兩百萬美元的七二四授權使用費，歷隊卻沒有要，繼續當作資金，投到商深即將成立的控股投資公司中。

「嘿嘿。」歷江不好意思地笑了笑，整理了下衣服，他今天穿了便衣出來，沒穿警服。

身邊有兩個路人從歷江身邊走過，二人都長得五大三粗，孔武有力，留著三分頭，目光炯炯。一人稍高，一人稍矮。

高個有意無意地貼近歷江，在離歷江還有一米遠的時候，忽然腳下一歪，身子朝前一撲，就撲到了歷江身上。

歷江到底是警察出身，警惕性比一般人高了許多，早在一高一矮兩個壯漢有意無意地接近時，他就假裝整理衣服，悄悄拿出了隨身攜帶的警棍，在高個朝他撲來的瞬間，朝旁一閃，手中的警棍就勢砸下，正砸在高個的後背之下。

高個沒有想到歷江的反應會如此快，被砸得悶哼一聲，身子朝前一撲就要倒下。歷江卻看了出來，高個實戰經驗豐富，他身子朝前下的姿勢，其實是為了緩衝剛才一棍的力道。他沒放過對方，當即雙臂一屈，狠狠地朝對方的後背再次用力一擊。

高個先是被歷江打了一個措手不及，又被歷江再下狠手，再也無法站穩，猛然一頭栽倒。

歷江一個回合就打倒對方，扭頭一看，不由大驚失色。

因為……對方的真正目標是商深！

原以為他和高個動手，另一個矮個會出手相救。不料對方竟然聲東擊西，高個主動朝歷江出手，是為了吸引歷江的注意力，讓歷江無法救援商深。

歷江辦案多年，得罪的人不計其數，還以為對方是衝著他而來。矮個並不管高個的死活，不管是高個被歷江的警棍打中，還是被歷江的第二擊雙臂砸中，他看也不多看一眼，只管一個箭步向前，手起刀落，一刀就朝商深的後背扎去。

沒錯，他的手中有一把明晃晃、寒氣森森、殺意騰騰的西瓜刀！

西瓜刀長約一尺有餘，一刀砍下，呼呼生風，如果砍實了，商深的後背上就會多出一條二十釐米長、五釐米深的巨大傷口，再如果傷及到動脈或是脊椎，商深有可能會當場死亡或是終身殘廢。

歷江想要回身救援已經來不及，他血脈賁張，雙眼圓睜，心急如焚，商深如親兄弟一般，他不允許任何人傷害商深半分。

「商深，小心！」

歷江拼出了全身力氣，大喝一聲，情急之下，一揚手，手中的警棍脫手飛出，直取矮個的面門。矮個鐵了心要吃定商深，似乎只要砍死了商深，連生死都可以置之度外，他全然不顧朝他飛來的警棍，手中的西瓜刀依然朝商深的後背直接落下。

歷江出手過急，警棍打偏了，沒有擊中矮個，不過卻讓他的動作稍微慢了一分。

崔涵薇、徐一莫和藍襪三個女生落在後面，她們坐在不遠處的涼亭中，每人要了杯飲料，邊喝邊聊著天。

誰也沒想到，如此平靜的一個黃昏，卻被突發的意外事件蒙上了一層陰影。

異變陡生時，崔涵薇正和藍襪聊到新公司成立之後，還繼續由商深擔任CEO，同時，董事長的位置也由他一肩挑最好，她和藍襪分管人事和財務，徐一莫除了繼續擔任商深的助理外，再擔任行政總監，負責公司上下的行政工作。

幾個女生協調好了分工，正舉杯相慶時，就發生了這件事！

崔涵薇幾人別說出手救援了，連驚呼出聲的時間都來不及，三人都嚇呆了！

眼見矮個的刀就要落在商深的後背之時，似乎還不知道發生什麼事的商深突然動了，他身子猛然朝前一衝，向前滑行了一米多，堪堪躲開了對方的致命一擊。

對方收勢不住，一刀砍在商深身旁的石頭上，「叮」的一聲濺出一串火花。堅硬的石頭硬生生被砍出一條白印，可見對方出手之狠。

商深並非故意托大，非要等對方的刀快，落到後背上時才躲開，而是他

在發現後面有人偷襲時已經晚了。

正和文盛西、歷隊聊得興起的商深，渾然沒有察覺身後危險的逼近。如果歷江沒有搶先出手，他今天無論如何也躲不過剛才的致命一擊。等歷江和對方動手後，他才意識到不對。

不但他意識到了，文盛西和歷隊也發現了不對。就在二人回頭的一剎那，矮個手中的西瓜刀已經高高舉起了。

不好！文盛西心中大驚，低聲提醒商深道：「小心，商深！」接著身子朝前一撲，然後順勢一拉商深。歷隊卻沒有出聲，他沉著冷靜地朝旁邊一錯身子，讓開空間以方便商深躲閃，彎腰從地上撿起一塊石頭，轉身就朝矮個砸去。

商深就地打了個滾，順手從地上撿起一根木棍，一回身，劈頭蓋臉就朝對方的頭上打去。

文盛西起身慢了一步，被濺起的火星落在臉上，燒得生疼，勃然大怒，拿起手中的東西，直接命中對方的面門。

矮個一擊不中，抽身後退，正要發動第二次攻擊時，文盛西的武器到了，他沒想到對方的還擊會如此之快，被擊個正著。頓時鼻子上傳來一陣巨痛，一股熱乎乎的東西湧了出來，流血了！

定睛一看，原來是一瓶水。他用手一抹，不顧滿臉是血，只盯住商深一人，再次抽刀朝商深出手。

不料他才一有所動作，歷隊的石頭到了。他剛才只注意到歷隊跳到一邊，沒發現歷隊彎腰從地上撿起了一塊石頭。

一瓶水可以不用理會，砸中也不會受重傷，石頭就不同了，被石頭砸中可不是好玩的事，鬧不好會出人命的。矮個身子一晃，收刀回腿，想要躲過歷隊的石頭。

然而他還是上當了，歷隊表面上氣勢洶洶拿著石頭朝他砸來，其實是虛晃一槍，是為商深作掩護。歷隊早就注意到商深手中的棍子，用棍子和對方對打才更有勝算，石頭還是太危險了。

歷隊人在半途，距離對方還有一米開外時，身子就收勢站住，手中的石頭脫手飛出，由砸變成了扔。矮個沒想到歷隊耍了滑頭，想要再躲開已經來不及了，被石頭正中胸口。

還好石頭不大，只有拳頭大小，饒是如此，被快速飛來的石頭擊中也是內傷。矮個悶哼一聲，險些沒有背過氣去，手捂胸口，對歷隊怒目而視。

他犯了一個致命錯誤，對他來說，每一秒鐘都是逃跑的機會，他卻沒有把握，居然還有時間生氣；而且他連商深的棍子已經當頭砸下都沒有察覺，太大意，太經驗不足了。

其實也不能怪他，主要是文盛西和歷隊的配合太天衣無縫，以至於讓他忘記了他的任務是要幹掉商深。

就在他一愣神的功夫，忽然一股危險的氣息從天而降，他抬頭一看，頓時嚇得魂飛魄散，一根木棍不知何時已經距離頭頂不足三尺了。

糟糕，失算了，他知道怎麼也躲不開了，索性把心一橫，欺身向前，一刀朝商深的肚子捅去。拼著就算被商深的棍子打中，也要和商深同歸於盡的念頭。

只不過他還是晚了一步，商深的棍子速度比他想像中更快，他還沒有朝前邁出一步，棍子已經落在了頭頂上。

「砰」的一聲，棍子正擊在天靈蓋上，他才朝前邁出的一步還沒有落地就眼前一黑，然後雙腿一軟，直接癱倒在地——昏死過去了。

商深也沒想到他會一擊得手，並且將對手當場擊昏。愣了愣，向前一步，一腳踢在對方的臉上，頓時將對方踢得滿臉開花。

商深踢完，歷隊和文盛西還不解恨，也同時上前，一人一腳踢在矮個的身上。昏迷中的矮個呻吟一聲，便跟條死狗一樣，再也動彈不了了。

商深、文盛西和歷隊三人聯手，一個回合就將矮個打昏，也算是了不起的勝利。而歷江和高個的戰鬥，也接近了尾聲。

目睹整個經過的三女嚇得都無法站立了，崔涵薇臉色慘白，渾身顫抖。藍襪一臉蠟黃，猶如大病一場。只有徐一莫還保持了幾分冷靜。

歷江一出手就打了高個一個措手不及，將對方打倒在地，他朝矮個兒扔出警棍後，想要出手助商深一臂之力，不料倒在地上的高個又爬了起來。

歷江只顧一心朝前衝，沒留神身後高個又跑了過來，將他攔腰抱住。大怒之下的歷江伸手一勾高個的脖子，彎腰低頭，一用力，將高個整個人翻轉過去，狠狠地摔在地上。

地上都是堅硬的石頭，高個後背著地，疼得慘叫一聲，幾乎暈死過去。歷江卻仍不放過，一腳踢在他的頭上，他連聲慘叫都沒有來得及出口，就不省人事了。

商深一行四個男人，三下五除二將對方二人打倒在地，作為業餘選手和專業選手的對戰，也算是值得欣慰的戰果了。

徐一莫不甘心，拿起棍子在兩人頭上又敲了一下。想了想，還是不放心，又拿出繩子綁上二人，以防二人醒來後逃跑。

剛才的一幕，只不過一兩分鐘。不少路人親眼目睹了剛才發生的一切，一時議論紛紛。

歷江一屁股坐了下來：「商哥，你沒事吧？」

「沒事。」商深餘悸猶存，對方實在太喪心病狂了，簡直是不要命一樣，到底誰對他有如此深仇大恨，非要置他於死地不可，他想起剛才歷江、文盛西和歷隊拼命保護他的舉動，無比感動，有友如此，夫復何求！

「謝謝你們，你們都是好兄弟。」

「說這些就見外了。」文盛西也是驚魂未定，喘了幾口粗氣，「誰會對你下這麼狠的手？商深，你到底得罪了什麼人？」

「沒得罪什麼人呀……」商深也是想不通，腦子轉了幾轉，忽然想到了什麼，「對了，說不定是黃廣寬。」

「黃廣寬？」

趕來的崔涵薇先是一愣，隨即想通了其中環節，頓時一臉怒氣，「還是崔涵柏惹的禍！」

崔涵柏此時正坐在家中和崔明哲說話。

自從被黃廣寬騙了一千萬後，他就很少和爸爸談心，唯恐不一小心說出真相。現在商深幫他要回了被騙的錢，他心情大好，又再度煥發了活力。

「爸，事情經過就是這樣，商深是一個一流的電腦天才、頂級的管理者，涵薇嫁給他，也算是嫁得其所了。」

崔涵柏鼓足勇氣把他被黃廣寬騙走一千萬、商深又用妙計幫他要了回來的經過全盤托出。

「以後我會踏踏實實做事，老老實實做人，接下來商深會成立一家控股投資公司，我決定把手中的一千萬全部投進去，跟著商深學資本運作。」

崔涵柏原以為爸爸聽完會無比震怒，狠狠地大罵他一頓，不料崔明哲只是微微地笑了笑：「你能這樣想，爸爸很高興。就算商深沒能幫你要回這一千萬，你也能痛定思痛，從中記取經驗教訓，這錢也算花得值了。一千萬買一個教訓，買一個浪子回頭，在我看來也不算虧。」

「啊？」崔涵柏聽出了什麼，「爸，你早知道了？」

一旁的史蕊微笑點頭：「你剛出事你爸就知道了，他還勸我想開一些，

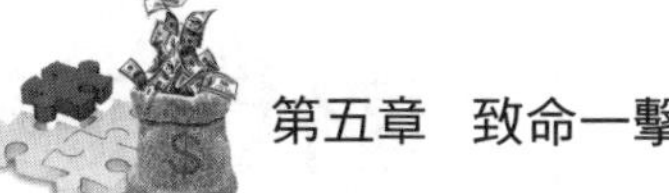

不要對你過於責備。當時我是想罵你一頓的，是他攔住了我。他說，你需要時間，也需要代價才能真的成長。雖然說一千萬的代價過於昂貴了些，但比起以後你有可能犯更大的錯誤，現在的一千萬也許也不算多。」

崔涵柏低下了頭，暗叫一聲慚愧，如果不是商深幫他要回了一千萬，他現在還在自責和沮喪之中不能自拔，爸爸一番苦心也許真的就白費了。

「你現在也不反對商深和薇薇在一起了？」史蕊問崔涵柏。經過近半年的觀察，史蕊早就接受了商深。

「不但不反對，還舉雙手贊成，現在要是誰敢從薇薇身邊搶走商深，我和她沒完！」崔涵柏現在已經把商深當成了親妹夫，維護商深之心比誰都強烈，「要是誰敢傷害商深半分，我一定要他好看！」

話剛說完，電話急促地響了。

崔涵柏拿起手機一看，是崔涵薇來電，不由笑道：「說薇薇，薇薇到，瞧，來電話了，她和商深一起去爬香山，聽說兩人正在商量婚期，估計有結果了。」邊說邊笑著接聽了電話：「薇薇，有什麼好消息要告訴我嗎？是不是和商深定了婚期？」

「商深出事了！」

崔涵薇將所有的擔心受怕以及怒氣都發洩到了崔涵柏身上，「崔涵柏，都怪你，你是罪魁禍首，你是個大壞蛋，我恨死你了！」

「……」崔涵柏被罵得丈二和尚摸不著頭腦，愣了愣問：「怎麼了薇薇，我怎麼了？不對，商深怎麼了？」

「商深差點被人害死！」

「什麼？」崔涵柏這一驚可是非同小可，一下站了起來，「到底出什麼事了？」

「怎麼啦？」崔明哲不慌不忙地說道：「遇事不要慌亂，慢慢說，天塌不下來。」

「天真的塌下來了……」崔涵柏急得如熱鍋上的螞蟻，恨不得立即就和崔涵薇面對面，好問個清楚，「薇薇，商深到底怎麼了？」

「商深和我們一起爬香山，下山的時候，發生了意外……」

崔涵薇簡單地將事情經過一說，「都怪你，崔涵柏，肯定是黃廣寬下的黑手。如果不是為了幫你，商深怎麼會讓黃廣寬恨之入骨？」

「我要殺了黃廣寬！」崔涵柏咆哮著。

聽到商深九死一生的驚險經歷，崔涵柏幾乎百分之百可以肯定是黃廣寬

的手筆，因為就在昨天黃廣寬還打電話來，假裝向他道歉並且敘舊，最後又問到了商深的動向，他還以為黃廣寬是真的改了性子，隨口說出商深要去爬香山的事。

沒想到，黃廣寬原來是故意套他的話！他真是太傻太天真了，以為黃廣寬還有幾分良知，現在才知道黃廣寬根本是個徹頭徹尾無藥可救的人渣！

「我要殺了黃廣寬！」崔涵柏憤怒地吼道。

「不許衝動！」崔明哲一把拉住要奪門而出的崔涵柏，「說，到底發生了什麼事？」

「快說呀涵柏，商深到底出什麼事了？」史蕊也坐不住了，一臉關切之意。

上次商深來家中作客，史蕊施展平生所學考核商深，商深都一一從容過關，讓她對商深的初見面留下深刻的印象。而後商深成功地售出公司，贏得高價獲利，又幫兒子拿回被騙的一千萬，讓史蕊深深地相信，商深不但是女兒最合適的終身幸福的人選，也是崔家的福星。

現在的史蕊在心理上徹底接受了商深，也一心認定商深就是崔家的女婿，在她心中，商深的位置甚至排到了前三名，比崔明哲還前面。

「商深差點被人砍死……」崔涵柏的眼淚掉了下來，不是因為害怕，而是因為對商深的同情和對黃廣寬的憤怒，「商深和薇薇在下山的時候……」

「什麼？豈有此理！」聽到事情的經過，崔明哲勃然大怒，許久沒有動怒的他，拍案而起，「打電話給市局的王叔，讓他嚴懲凶手。」

王叔是崔明哲的發小，現任市公安局副局長。王家和崔家也算是世交，關係非常密切。

崔明哲經商多年，早已養成凡事以和為貴的處事風格，輕易不會動手對付商業上的競爭對手，畢竟和氣才能生財。但他不動手並不表示他沒有這方面的關係網，在北京經營多年的他，政商兩界都有人脈，連直通部委級的高層人士也有不少交情。

崔涵柏長這麼大，見過爸爸拍案一怒的次數屈指可數，他知道這回爸爸是真的生氣了。

記得有一次他和一個商業對手起了衝突，對方衝動之下派人砸了他的廠子，他氣得暴跳如雷，想要報復對方，對方卻有區分局的關係。他就想求爸爸出面，借王叔的力量向對方施壓，爸爸當時已經拿起了電話，後來又放下了，說是退一步海闊天空，讓一步風平浪靜，沒有必要因為一點小事就麻煩

王叔，更不用事事都上升到動用關係較量的地步。

他很不服氣，就背著爸爸打了電話。王叔出面幫他擺平了糾紛，對手登門道歉，並且俯首稱臣，他揚眉吐氣。結果爸爸知道後，狠狠地罵了他一頓，並且警告他，如果以後他再背著他亂打電話，他會封堵他的經商之路。

崔涵柏想不明白為什麼爸爸對他如此苛刻，表面上答應了爸爸，卻對此事耿耿於懷。

不久，王叔被人舉報貪污受賄，最後經過查實並無此事，是有人故意抹黑，爸爸告訴他，背後抹黑的人就是他的競爭對手所為。競爭對手因為被王叔出面干涉而心生不滿，卻又奈何不了王叔，就使出了背後下手的手法。

崔涵柏才知道政界的險惡，也終於明白為什麼爸爸輕易不動用政界的力量了。沒想到，為了商深，爸爸居然要再次動用王叔的力量，崔涵柏不禁熱血沸騰。

正要打電話時，他的電話又響了，一看是崔涵薇來電，心中一驚，忙接聽了電話。

「怎麼了？」他的心怦怦直跳，別是商深又出了什麼事才好。

「商深想起一件事，說是不要爸爸插手，事情他會自己解決；一旦動用關係，可能會讓事情失控。」崔涵薇的聲音聽上去有幾分疲憊，「商深想讓黃廣寬自己跳出來，他打算親自解決他和黃廣寬間的恩怨。」

「這……」崔涵柏理解不了商深的想法，「太危險了。」

「我也覺得太危險了，可是商深堅持要這麼做，我覺得他這麼做肯定有他的道理。」崔涵薇理解不了商深的想法，卻支持商深的做法，「還有，歷江也在，他就是警察，也會查清這件事情的。」

「好吧。」崔涵柏收起了電話，將電話內容對崔明哲說了一遍。

「嗯，這樣呀。」崔明哲也冷靜了下來，面露微笑道：「商深真是個好孩子，他願意自己解決就讓他自己解決好了，我相信他的能力。」

「會不會太危險了？」史蕊不放心。

「對方下了狠手卻沒有得手，估計還會繼續出招。與其被動防守不如主動出擊，商深和黃廣寬交過手，他和黃廣寬面對面地解決了問題最好，否則的話，他在明處黃廣寬在暗處，老是一直被黃廣寬暗算的話，也是防不勝防。」

崔明哲大概猜到了商深的思路，很為商深的勇氣而叫好，年輕人就要有勇往直前的衝勁，否則會錯失許多機會。哪怕是面對危險也一樣，越是退縮，越不能解決問題：反倒不如正面迎戰，反而更安全。

「商深這孩子畢竟太年輕了，我怕他衝動之下會……」史蕊憂心忡忡地說，「明哲，要不還是你出面吧？」

「我出面能要回涵柏被騙的一千萬？我出面能在兩年時間把一家公司做到一點五二億美元的規模？」崔明哲呵呵一笑，意態輕鬆，「不要小瞧現在的年輕人，尤其是商深，他的潛能比我們想像中還要大許多。等著瞧吧，商深肯定會完美地解決黃廣寬的。」

「一定要解決黃廣寬！」

歷江帶走高個和矮個後，對商深扔下了一句話。

商深目送歷江押送高個和矮個離去，心情漸漸平靜下來。繁華的街道上依然人來人往，車水馬龍。

和他數次交手的黃廣寬，在深圳慘敗後，不痛定思痛，居然採取極端手段對他痛下殺手，既可悲又可憐。一個人在喪心病狂下，必然是失去了理智。

騙子也是一門技術活，不但需要入微的察言觀色的本事，還要有強大的心理素質和控局能力。沒有強大的心理素質，就無法在談判中始終掌握主動權。沒有控局能力，就會被對方看透看破。

黃廣寬行騙多年，次次從容得手，可見他是個智商和情商都有過人之處的人才，只不過是走錯了路，沒走向正路而已。正是因此，黃廣寬對他的下手，說明在和他的較量中，黃廣寬已經放棄了正面較量，而轉為下黑手了。下黑手其實是無能的表現，是對智商和情商失去信心之後的瘋狂舉動。

「是因為崔涵柏的一千萬，還是還有別的原因？」

文盛西一直陪在商深左右，唯恐再有意外發生，即便親眼見到兩個行凶者被歷江抓進了公安局，他還是不太放心，「要不今天晚上我和歷隊一起陪你？」

「不用了，沒事，事情告一個段落，黃廣寬應該不會再有後手了。」

商深一臉輕鬆，完全沒有死裡逃生的驚魂未定。

「崔涵柏的一千萬是一個誘因，和史蒂夫沒有接觸是另一個發酵因素，最終導致他做出對我痛下殺手的最關鍵原因，還是因為我攪黃了他和夏連生的合作，準確地說，是阻止了夏連生上當受騙。」

在見到史蒂夫露面並且對商深報出了一點五億美元的高價之後，黃廣寬

當即決定吐出他從崔涵柏手中騙來的一千萬。當然，他是為了商深可以介紹史蒂夫和他認識，好讓他有機會詐騙人傻錢多的美國人。

結果史蒂夫對他壓根就沒有興趣，連和他握手都懶得握一下，讓他大感尷尬和失落，也埋怨商深故意阻撓他和史蒂夫的接觸。

商深為了穩住黃廣寬，告訴黃廣寬和美國人打交道要有耐心，美國人雖然人傻錢多，但有時也會精明一下，所以不能掉以輕心。等他和史蒂夫的事情結束後，他一定會介紹史蒂夫和他認識。

好吧，就算沒有史蒂夫的美元，至少還有夏連生的兩千萬人民幣在向他招手，他算是拿一千萬封住了商深的嘴，商深應該不會揭穿他了。

黃廣寬信以為真，望著商深和史蒂夫遠去的背影，憧憬著大賺美元的一天。

但黃廣寬第二天就發現，商深不但耍了他，還在背後擺了一道，一轉身就出賣了他——夏連生第二天打來電話通知他，和他所有的交易取消了。他如遭雷擊，想要和夏連生見面說個清楚，夏連生卻說他已經在機場，不必再見面了。

黃廣寬再傻也能知道背後發生了什麼，肯定是商深在背後搗鬼，對夏連生說了什麼。他盛怒之下，一千萬的損失，史蒂夫的離去以及即將到手的夏連生的兩千萬又飛走的屈辱，所有的一切都歸罪到商深身上，再加上以前在商深身上吃過的虧，新仇舊恨就一起爆發了。

「弄死商深算了，省得他總是礙事。」黃廣寬決定對商深痛下殺手，如此，才能一勞永逸地解決麻煩。

「我也贊成弄死商深。」寧二附和。

「殺人犯法，事情真要鬧大了，總要有人償命。」

朱石怕了，他再清楚不過，一旦東窗事發，最後頂罪的肯定會是他和黃漢、寧二三人之一，而不會是黃廣寬，儘管黃廣寬是主謀。

「你是怕到時候會讓你當替罪羊吧？」黃廣寬一陣獰笑，用力一拍朱石的肩膀，「如果真要你去頂罪，你會不會去？」

「我……」朱石汗流雨下，「我不太會演戲，一進去就會說實話。」

「草包。」寧二白了朱石一眼，「真要到了需要有人頂罪的時候，我上。」

黃廣寬滿意地拍了拍寧二的肩膀，他最喜歡像寧二一樣既少根筋又忠心的手下：「我不會讓你頂罪的，你是我的左膀右臂，到時自會有人進去。」

黃漢是三人中最機靈的一個，瞬間想到了什麼，問：「葉十三還是畢京？」

黃廣寬哈哈一笑：「不管是他們之中的哪一個，反正他們註定要倒楣了。」

黃廣寬在背後怎樣運作，又是怎麼指使凶手對他行凶，商深自然不會知道細節，但他很清楚最終導致黃廣寬對他痛下殺手的根本原因，是在夏連生身上。

雖然他和夏連生才見了一面，但夏連生作為國企的負責人，如果他被黃廣寬所騙，損失的是國家的利益，商深就向夏連生說出黃廣寬的為人和劣跡。夏連生當即嚇出一身冷汗，如果他真被黃廣寬騙了，固然損失的不是他的錢，但也是他的過錯，他會背一個大大的污點，從此升遷無望。想通此節後，頓時汗流浹背，對商深感激涕零。

不管是出於義憤還是正義，商深不能眼睜睜看著夏連生跳進黃廣寬的大坑，儘管他知道，他出賣黃廣寬導致黃廣寬損失了兩千萬，黃廣寬肯定會報復他。但他卻怎麼也沒想到，黃廣寬會喪心病狂到要他的命的地步。

聽了事情經過，文盛西搖搖頭：「不管怎樣，我支持你。換了是我，我也會對夏連生說出真相。」

「真不用我們陪你？」歷隊也很擔心商深的安全，「得想個辦法讓黃廣寬暴露，把他抓住才算安全。」

「恐怕黃廣寬比我們想像中還要奸詐。」商深看了崔涵薇幾人一眼，「不用麻煩你們了，黃廣寬又不是黑社會，能調動上百人來殺我。再說北京是首善之都，黃廣寬一個小小的商人敢放肆的話，是自取滅亡。」

「好吧。」文盛西和歷隊見商深堅持，也就沒再多說什麼。

商深開車，帶崔涵薇、藍襪和徐一莫回家。

「晚上我們要全部留下來陪你。」一進門，徐一莫就反鎖了房門，「你不答應也得答應！」

商深摸了摸鼻子，嘿嘿一笑：「三個美女和我共居一室，太危險了。」

「都什麼時候了，你還有心思開玩笑？你氣死我算了。」崔涵薇眼睛通紅，已經哭過一次她眼圈又紅了，「商深，萬一你有個意外，我也不想活了。」

「我能有什麼意外？我不是活得好好的，算命的說過，我不但長命百歲，而且還會娶三個老婆。現在我離一百歲還遠，一個老婆也還沒娶，所以，一時半會兒死不了的。」商深打趣道。

「討厭！」崔涵薇破涕為笑，一推商深，「還娶三個老婆呢，不知道重婚罪會被處以二年以下有期徒刑或者拘役嗎？」

「重婚罪是屬於民不告官不究的民事犯罪……」商深嘻皮笑臉地問徐一莫，「一莫，你會告我嗎？」

徐一莫搖搖頭：「才不會，我寧可自己吃虧，也不會告商哥哥。」

「你呢，藍襪？」商深又問藍襪。

藍襪吃吃地笑說：「你這是在挖坑給我跳，我才不上當。」

「那就是要告我了？」

「好吧，不告你。」

商深哈哈笑道：「看到沒，涵薇，三個老婆其中兩個已經確定不會告我了，就剩你一個，難道你非要告我？」

徐一莫這才回過味來，一拳打在商深的後背上：「去你的，我才不要當你的老婆，而且還是老二。要當我就一定當大老婆！」

藍襪大汗：「你當大房，就會允許他有小三小四了？」

「可以呀，沒問題。」徐一莫十分大度地一揮手，很有魄力地說：「前提是我不知道他有小三小四，如果知道的話，我會放火燒了他的房子，讓他沒房。」

商深嚇得逃進衛浴間，關緊了浴室門：「現在是洗澡時間，非禮勿視，非禮勿動。」

話剛說完，就響起了「砰砰」的敲門聲。

崔涵薇的聲音響起：「你要洗澡呀？需要服務嗎？我們三個都準備好了，隨時可以服侍老爺。」

商深哪裡敢應戰，忙說：「天色不早了，你們趕緊洗洗睡吧，明天還要早起。」

「就不睡，我們還要喝茶聊天呢。」徐一莫故意逗他，「老爺，有什麼需要就喊一聲，我們隨時候傳。」

商深無語，洗完澡，聽到外面安靜下來，以為幾個女生都睡了，就悄悄推開門。果然，客廳中黑漆漆的，不見一個人影。

他長舒了口氣，既然三位美女都睡了，他也就不用太過注意形象，抱著衣服，只穿了件內褲就悄悄溜回自己的房間。

為了安全起見，也沒開燈，直接撲到了床上，倒頭便睡。

不料，躺下後才發覺哪裡不對，床上似乎還有別人，難道是……

商深一下驚醒，心中一陣駭然，不會是黃廣寬的毒手伸到了家中，在床上為他設置了陷阱吧？

大驚之下，他伸手一摸，果然被子下面有一個人！先下手為強，後下手遭殃，他用力抱住對方，然後翻滾。

撲通一聲，商深抱著對方從床上滾落到了床下，他一翻身將對方壓在身下，雙腿交錯，鎖住對方，然後掀開被子，高高舉起手，準備打對方一拳。

沒想到被子裡露出一張如花似玉的笑臉，眼睛彎彎如一泓秋水，嘴角上翹，露出了俏皮可愛的笑容，還故意眨眨眼睛，吐了吐舌頭：「商哥哥，我主動送上門了，你收還是不收？」

「我……」

被商深壓在身下的不是別人，正是徐一莫！

第六章

今世五霸

現在中國的互聯網格局是興潮、索狸、絡容、芝麻開門和企鵝，
五霸之中，興潮、索狸和絡容實力雄厚，
是最先稱霸的三家，芝麻開門和企鵝是新興的霸主，
以後到底誰能逐鹿中原問鼎天下，商深，你分析一下？

他放下拳頭，喝道：「瞎胡鬧，再晚一步，我就打你個滿臉開花了。」

「你才不捨得打我呢。」

徐一莫努力掙扎了幾下，奈何被商深緊緊壓在身下，又包裹在被子中，無法動彈，只好告饒：「快放開我，商哥哥。」

商深才想起他還騎在徐一莫身上，雖然隔了一層被子，畢竟不雅，而且從徐一莫裸露在外的肩膀推斷，她沒穿多少衣服，忙跳了起來，要是被崔涵薇和藍襪發現他和徐一莫抱在一起就不好了。

「噓，涵薇和藍襪睡了，不要吵醒她們。」

徐一莫翻身坐了起來，她沒有上床，索性就坐在地上，抱著被子，露出香肩和粉頸，「有些心裡話，我想和你單獨說說。」

「你不睏啊？」商深見徐一莫的眼睛在黑暗中閃閃發亮，笑道：「還心裡話，你天天和我在一起，話該早就說完了吧。」

「不一樣，心裡話我可從來沒有向你說過。」

徐一莫雙手抱腿，下巴支在腿上，目光大膽而熱烈地看向了商深，「商哥哥，如果我說我喜歡上你了，你會不會罵我？」

「不會。」商深搖頭，「我只會說，你喜歡我很正常，因為我們在一起的時間很多，難免日久生情。我也喜歡你，只要把喜歡控制在一定的範圍內，就相安無事。」

「道理我懂，可是我控制不了自己的感情。我想我是愛上你了。」徐一莫咬著嘴唇，「商哥哥，雖然我也知道這樣不對，我和薇薇是閨蜜，是好得不能再好的朋友，搶她的男朋友是不道德的行為，但喜歡就是喜歡，我不能強迫自己不去喜歡你，但我又知道我不能和你在一起，只好壓抑自己的感情。但直到今天我才發現，越是壓抑的感情越濃烈，就在山上你出事的那一刻，我腦中只有一個念頭，就是哪怕是我死，我也不能讓你受一點兒傷。從那時起我就知道，我是真的愛上你了。」

商深久久無語。儘管有太多人說過他和徐一莫在一起的時候最輕鬆，他和徐一莫最般配，但他都沒有往心裡去，只當成玩笑話來聽。當然，他也不是沒有想過，和徐一莫在一起久了，難免會擦出一些火花，男女之間互生好感再正常不過。卻沒想到，終久還是由好感上升到了喜歡，並且由喜歡變成了愛。

房間內一時寂靜，只有窗外沙沙的風聲。已是深秋時分，窗外落葉紛紛，預示冬天的逼近。

不知過了多久，商深才開口道：「涵薇知道你的心思嗎？」

「她……」徐一莫愣了一會兒，搖了搖頭，「或許知道，或許不知道，她對我從不設防。商哥哥，你說我是不是很壞？我不知道以後該怎麼辦，是不是離開你才能讓自己好過一些，才會不妨礙你和薇薇的幸福？」

「你要去哪裡？」

「不知道，世界那麼大，我想去看看，哪裡都可以去。」徐一莫的目光黯淡了下來，有幾分不甘和不捨，「我想去歐洲轉一轉，散散心，或許可以排遣心中的鬱積。聽說歐洲有一個叫夏萊的小鎮非常安靜舒適，就像世外桃源。名字也好聽，夏萊，萊是荒廢的田地，夏萊的就是夏天荒廢的田地。我想，應該是一個放眼望去全是大片綠色的田野的地方，陽光明媚，空氣清新，人們友好和善，日子就和夏天午後的陽光一樣悠閒而舒適……」

商深的思緒倏忽飛遠，來到了一處長滿鮮花和野草的田野，陽光普照，微風吹拂，鳥語花香，處處充滿了生機和希望。徐一莫就如一個穿梭花叢之中的蝴蝶，飛來飛去，灑落一地的歡笑。

只不過回到現實中，他迎上了徐一莫渴望的雙眼：「逃避解決不了問題，我覺得你還是留下好，把精力都投入到工作中，或許會好一點。接下來成立控股投資公司，你要擔任更重要的職務。」

「商哥哥，你是不是不想讓我走？」

徐一莫開心地問，如果商深不加以挽留，她會很傷心。

商深其實也很為難，讓徐一莫走，徐一莫離開的理由很牽強，以崔涵薇的聰明肯定會猜到什麼。而且徐一莫走了，她的位置一時很難找到合適的人選替代。然而，不讓徐一莫走，任由這種感情發展下去，以徐一莫大膽的個性，萬一她不顧一切，當眾表露出她對他的感情，讓崔涵薇情何以堪？

歸根結底，問題的關鍵還在徐一莫能不能控制自己的感情。

「不想。」商深如實地回答。

「那……」徐一莫歪著頭，問：「你喜不喜歡我？」

「喜歡。」商深沒有避諱他喜歡徐一莫的事實，美女人人愛，他也不例外，而且他的喜歡又不是男女之情的喜歡。

「嗯，你以後會不會也愛上我？」

「不……」商深遲疑了一下，話到嘴邊又改成了，「不知道。」

「謝謝你商哥哥。」徐一莫得到想要的答案，站了起來，「我去睡了，晚安。」

「啊！」商深驚呼一聲，徐一莫只穿了貼身的胸罩和內褲，他忙將頭扭到一邊，「你……」

「嘻嘻！」徐一莫一吐舌頭，「我是偷跑出來的，沒敢穿衣服，怕吵醒她們。」說話間，她飛也似地跑了出去。

商深和徐一莫不知道，他和徐一莫的對話，被門外的一個人聽得清清楚楚。

第二天一早，商深起床晚了，睜眼一看，天已經大亮。外面隱約傳來說笑的聲音。他悄悄起床，拉門一聽，是崔涵薇、藍襪和徐一莫三人正嘰嘰喳喳說個不停。

「昨晚我睡得好死，一閉上眼睛就天亮了，昨天晚上是颳風還是下雨我都不知道。」是崔涵薇的聲音。

「我也不知道，我也是無夢到天亮。有句話，至人無夢，說是人的心思純淨到了一定境界，就不會做夢；其實，有時人累到一定程度，也不會做夢了。」是藍襪的聲音。

「不對，不對，不做夢和做夢之後沒有記憶，是兩個不同的概念。至人無夢，是說不做夢。而你累到一定程度也沒夢，是做了夢但沒記住。」徐一莫的聲音。

「一莫，奇怪了，你以前睡覺從來不老實，昨晚怎麼這麼老實，乖得一點兒也沒亂動？」崔涵薇嘻嘻一笑。

「太累了。」

「半夜沒有起床？」藍襪問道。

「好像沒有呀，忘了。」徐一莫沒說實話。

「飯都好了，要不要叫醒商深？」崔涵薇轉移了話題。

「讓他多睡一會兒好了，昨天受到了驚嚇。」徐一莫說道。

三個人你一言我一語，很是熱鬧，從三人的語氣和輕鬆的話題可以看出，她們比昨天的狀態好了許多。

「我醒了。」商深穿好衣服走到餐廳，餐桌上擺滿了豐盛的早餐，他胃口大開，「不飽食以終日，不棄功於寸陰，來，邊吃邊聊。」

商深坐在主座，崔涵薇坐在他的旁邊，徐一莫和崔涵薇相對而坐，藍襪坐在商深的對面。

「聊什麼？」徐一莫咬著筷子，彷彿昨晚真的什麼也沒有發生一樣，

「聊昨天的事？」

「不，聊明天的事。」商深不想再提及昨天驚險的一幕，這件事他暗中解決就行了，「先商量一下控股投資公司的股權比例，然後再安排一下分工。」

之前已經初步討論過新公司的股權比例和分工，商深今天想敲定此事，他拿起一根油條咬了一口：「我肯定是最大股東，同時還擔任董事長和總經理，涵薇負責財務，藍襪分管人事，一莫主管行政，小毛毛擔任我的助理兼財務部副總監。」

「就你這樣子，還董事長兼總經理呢，一手油條一手鹹菜，也太沒形象了。」藍襪掩嘴一笑，「傳說中的董事長和總經理，不都是西裝革履地在西餐廳拿著刀叉吃飯嗎？」

「該裝的時候裝，不該裝的時候，要回歸真實。」商深哈哈一笑，又喝了口豆漿，「怎麼樣，有沒有異議？」

「有。」徐一莫不高興了，「為什麼要小毛毛當你的助理而不是我？難道我的工作做得不到位？」

「不是，是新公司成立後，你要負責更重要更全面的工作，再擔任我的助理就太屈才了。」

商深知道徐一莫在耍小性子，「新公司不但會要求你付出更多的精力和時間，還會給你相應的股份回報，不要總當自己是公司的員工，而要當自己是公司的擁有者和管理者。」

「好吧。」徐一莫聽話地點了點頭，「原來是要對我委以重任，好，我一定不辜負老板信任，努力做好工作。」

「不錯，學會表忠心了。」藍襪嫣然一笑，附在徐一莫耳邊小聲說道：「你愛上商深不要緊，告訴他也沒問題，但一定記住，絕不要讓涵薇知道，要不你夾在中間會很難受。」

「啊？」徐一莫張大了嘴，不敢相信地瞪了藍襪一眼，「你都聽到了？」

「聽到什麼了？」

崔涵薇優雅地咬了口油條，好奇地問：「藍襪、一莫，你們嘀咕什麼啊？」

「沒什麼，藍襪問我穿多大的鞋，她有雙鞋買了後不喜歡，說要送給我。」徐一莫隨口編了個假話，又朝商深眨了眨眼，心虛地埋頭吃飯。

崔涵薇隨口說：「是嗎？藍襪的腳和我的腳一樣大，可以送給我。」

藍襪悄然看了徐一莫一眼，微微一笑：「我已經答應送給一莫了，就給她吧。我的鞋估計款式你不喜歡……對了，新公司選好地址沒有？不如我們自己蓋一棟總部大樓，以我們新公司的名字命為世紀大廈？」

商深將新公司起名為「世紀紀元」，得到了崔涵薇、藍襪和徐一莫的一致贊同。

「會不會成本太高了？」崔涵薇心動了，擁有自己的總部是每個創業者的夢想，算算她和商深、藍襪手中的資金，真的蓋一座大廈也不在話下。

「不會。」商深敏銳地觀察到在互聯網正在締造財富神話的同時，房地產業的興起也在製造著財富神話，土地資源是有限的，越是中心地段的土地資源越稀有，而且不會再有。

「如果崔伯伯可以幫忙拿到地皮，直接蓋一棟屬於我們自己的辦公大樓，也未嘗不可。」

「嗯……」崔涵薇不禁對未來充滿了憧憬，想了一會兒，說：「估計問題不大，可以的話，就讓爸爸的公司承建，可以省不少錢。」

「那就讓涵柏全權負責這件事，當成是他東山再起的支點。」商深清楚現在崔涵柏需要一個目標來重新證明自己的價值。

「咚咚……」有人敲門。

商深訝異，知道他住處的人差不多都在眼前了，還有誰會敲門？起身開門，門口站著三個人，他一下愣住了。

如果說崔涵柏的出現還在情理之中的話，那麼崔涵柏的身邊站著葉十三和伊童，可是大大出乎他的意料。

崔涵柏解釋：「在門口剛好遇到，不是約好的。」

葉十三手中拿著一籃水果，伊童手捧一束鮮花，二人朝商深點了點頭，葉十三說道：「聽說你出了點兒意外，我和伊童特意來看看你。」

商深想起葉十三、伊童和他住在同一個社區，來者是客，他點頭一笑，讓三人進來。

「這麼多人？」崔涵柏進門才發現藍襪和徐一莫也在，取笑說：「妹妹，你也太大度了，帶著小三小四和商深吃飯，也不吃醋？」

崔涵薇踢了崔涵柏一腳：「滾一邊去，不說話沒人當你是啞巴。」

崔涵柏斜了幾人一眼，目光落到商深身上時，立刻換了一副肅然的表情，拍拍商深的肩膀，轉身進了房間。顯然他不願意和葉十三、伊童有什麼交集。

「怎麼樣，沒事吧？昨晚聽到你出事的消息後，已經很晚了，想來看你，怕你不方便，所以一早過來。」葉十三一臉關切之意，「知道是誰下的黑手嗎？」

「不知道。」商深搖頭。

黃廣寬和畢京私交甚厚，葉十三又和畢京關係很好，還是謹慎為好。

「你怎麼可能不知道？」伊童一語道破，「你不過是不想說罷了，除了黃廣寬沒有別人。畢京昨天也說了，黃廣寬和他通過電話，說想聯合他一起收拾你，他沒接話，沒想到，黃廣寬還真下手了。商深，雖然我們是競爭對手，但通過競爭我們也都提升了自己，嚴格來說，我們既是競爭又是合作的關係。你也知道十三的為人，他不會和黃廣寬一起算計你，他不是背後下黑手的人。」

「不用解釋太多，商深知道我。」葉十三淡淡地笑了笑，又對商深說道：「你沒事就好，有什麼需要的地方儘管說，我會盡力而為。」

商深的公司賣到一億美元以上的消息傳出後，葉十三先是不相信外界的傳聞，等他四處打聽了一圈之後，終於從畢京口中得知了真相——黃廣寬親耳聽到史蒂夫報出了一點五億美元的價格——他才極不情願地接受了事實，雖然晚了幾個月，商深卻還是勝過了他。

葉十三心中無比失落，他以為他勝了商深，商深至少需要三到五年時間，甚至永遠也無法超越他的高度。正當他心理獲得了極大的滿足感之時，商深成功的消息就如一記重拳將他從美夢中打醒，讓他不得不面對殘酷的現實。

為什麼商深的公司能賣到一點五億美元的高價？是哪家沒眼光的公司居然出到如此高的價格，商深的一二三和七二四現在都處在半死不活的狀態，以後能不能起來還不得而知，他怎麼說服對方的，讓對方認可了一二三和七二四未來的前景？這得需要多高超的談判技巧和多高明的市場切入點？

葉十三始終不願意承認的是，商深不但在程式設計上面比他更有天分，在經營管理上面也比他有才華，甚至在資本運作上面，也比他棋高一著，除了長得沒他帥之外，他幾乎各方面都比商深差了幾分。

為什麼？憑什麼？他不服！

但不服也沒有辦法，有時候世界上的事並不以個人意志為轉移，葉十三又仔細研究了一遍商深的一二三網站和七二四軟體，還是發現不了有明顯的亮點，儘管現在一二三的流量在穩步上升，但和中文上網網站相比，還是差了不少。憑什麼資方就對一二三做出了超出中文上網網站三千萬美元的估價？他們的出發點是什麼？葉十三怎麼也想不明白。

想不明白不要緊，能安心地接受現實也行，葉十三接受不了，伊童更接受不了。

伊童正沉浸在和崔涵薇的較量中大獲全勝的喜悅中，每天都笑醒，才高興沒多少天，一覺醒來，卻忽然發現變天了，崔涵薇從一個失敗者搖身一變，成了將她踩在腳下的勝利者。她無法接受如此巨大落差的事實。

其實人生的煩惱都是自尋煩惱，商深也好，崔涵薇也罷，公司賣出後，二人都沒有想過這會力壓葉十三和伊童一頭，讓葉十三和伊童感到難堪，伊童卻始終拿崔涵薇比較，結果就是惹氣上身。

商深公司出售的風聲才剛傳出不久，伊童和葉十三就接到了無數個問詢的電話，都是他們的朋友想知道消息是否屬實，其中也不乏有想借機打擊伊童和葉十三為出發點的，伊童和葉十三在公司成功賣出後，在許多場合向人炫耀，引發了不少人的眼紅和嫉妒，這下終於找到機會奚落了。

伊童和葉十三本來就不太愉快的心情，因為不少幸災樂禍的問詢變得更加陰沉了。

二人左思右想，最終還是按捺不住好奇心，想當面向商深問個清楚時，卻聽到一個令人震驚的消息——商深差點被人一刀砍死！

雖然葉十三不喜歡商深，也很想商深被他踩在腳下，但正是由於商深的存在，他才有了奮鬥的動力，可以說，沒有商深就沒有今天的他，所以他並不希望商深掛掉。

震驚之餘，葉十三就和伊童商量要登門看望商深，順便借機向商深打探出售的真相和內幕。伊童也想一探究竟，沒有多想就答應了。

商深和崔涵薇並不知道葉十三和伊童對他們公司的成功出售會激起波瀾，登門是客，崔涵薇以主人的身分為二人倒茶。

「謝謝。」商深對葉十三的關心表示感謝，對伊童說道：「十三說得對，我知道他的為人，事情肯定和他無關。」

見商深經歷過生死巨變之後依然是一臉淡然，葉十三暗暗心驚，他還以為商深現在肯定還驚魂未定，說不定會是一臉憔悴十分疲憊，不想商深精神飽滿，完全沒有受到意外事件的影響，換了是他，至少要休息三兩天才能平息心情。

「還好凶手抓住了，只要他們招出了幕後主使，有些人離落網也就不遠了。」

說實話，葉十三對黃廣寬非常反感，黃廣寬不但做人為達目的不擇手段，到處招搖撞騙，還是個徹頭徹尾的色狼，他最厭惡見到女人就走不動的男人，覺得過於好色的男人都不會有什麼出息。

在對黃廣寬的評價上，伊童和他有不小的分歧，在伊童看來，黃廣寬雖然無恥好色，但也是一個可以利用的朋友，不必非要和黃廣寬保持距離，在適當的時候，也許黃廣寬還可以當成用來對付商深的殺手鐧。

葉十三卻堅持他的原則，他寧可敗給商深，寧可無路可走，也不會和黃廣寬合作，不會利用黃廣寬以達到目的。他的固執讓伊童罵他老頑固，不懂得變通，他卻並不解釋什麼，只說他永遠會恪守他做人的一個底線。

伊童對此有不同看法，她並不願意看到黃廣寬落網：「就算所有人都猜測背後的黑手是黃廣寬，但相信黃廣寬不會蠢到自己出面雇凶的地步，等著瞧吧，要麼審不出來什麼，要麼凶手會亂咬一氣。」

「多行不義必自斃。」葉十三聽出伊童對黃廣寬的維護之意，很是不滿地說道：「雖然商深沒受傷，但這件事性質十分惡劣，已經是故意殺人罪了，最少要判二十年以上，甚至無期徒刑。」

「隨便，判死刑也沒什麼，反正也抓不到真凶。」

伊童很是不滿葉十三敢當著外人的面反駁她，她不悅地朝葉十三使了個眼色，然後轉移了話題，「涵薇，雖然商深出了意外，不過幸好沒有事。恭喜你的公司賣出了天價，外界都傳聞賣出了一點五億美元，到底是不是真的？你告訴我。」

崔涵薇還沒有完全從商深一事的驚恐中恢復過來，伊童明顯帶有打探口吻的話，她聽了頓時氣不打一處來：「幹嘛要告訴你？和你有什麼關係？」

伊童被崔涵薇嗆了句，也頓時火大：「崔涵薇，你別覺得你的公司賣的價格比我的公司高，你就了不起了，告訴你，誰笑到最後還不一定呢。」

崔涵薇冷笑道：「伊童，你的眼界也太低了，總是喜歡和我比來比去，不好意思，我從來沒有當你是競爭對手。」

「為什麼？」伊童一下沒轉過彎來。

「因為你的層次太低了。」崔涵薇反倒笑了，一攏頭髮，「我的目標是打造一家中國互聯網的帝國級公司，而不是一方諸侯。現在中國的互聯網是諸侯紛爭時期，還沒有出現可以一統天下的帝國級公司。」

「說得對。」葉十三唯恐伊童和崔涵薇爭吵個沒完，忙介入說，「現在中國的互聯網格局是春秋五霸階段，興潮、索狸、絡容、芝麻開門和企鵝，五霸之中，興潮、索狸和絡容實力雄厚，是最先稱霸的三家，芝麻開門和企鵝是新興的霸主，以後到底誰能逐鹿中原問鼎天下，商深，你分析一下？」

「為什麼春秋五霸沒有我們的中文上網網站？」伊童不爽地說，「不公平，我覺得中文上網網站比所謂的五霸更有問鼎天下的實力。」

商深無聲地笑了，葉十三還算是多少瞭解互聯網的格局，伊童基本上就是半個門外漢了。不管是中文上網網站還是一二三，都無法躋身於五霸的行列，原因不在於實力不濟，而在於格局不夠。

就目前國內的互聯網公司而言，比五霸更有實力、現金流更充足或是估值更高的大有人在，為什麼葉十三不將他們列於五霸之內？原因在於除了五霸之外，別的互聯網公司都不具備王者氣象。

商深認可葉十三春秋五霸的說法，其實他早也有此想法，只不過沒有提出來而已。實際上在互聯網業內，對五霸已經有了共識。興潮、索狸和絡容，作為國內三大門戶網站，不管是影響力還是格局，都已經初具諸侯氣象，但最終是否能夠問鼎王者，還有待時間證明。

而芝麻開門和企鵝雖然不是門戶網站，但一個一統電子商務市場，一個一統網路即時通訊軟體市場，在電子商務和網路社交越來越有需求的今天，芝麻開門和企鵝作為後起之秀，儼然有成為一方諸侯的趨勢。

至於自己的一二三，商深早有定位，就從來沒有想過要成為一方諸侯或是問鼎王位，他志不在此，他只想成為無數商業帝國背後的人物，手持數家商業帝國的股票卻不為世人所知，安然地隱身於眾人的視線之外，做一個超然的世外高人才是他的終極夢想。

「春秋五霸的格局，估計不出兩年就會大變。」

商深沒有回答伊童的問題，伊童的問題是葉十三的問題，他只想和葉十三討論一下中國互聯網的未來發展方向，「應該會有更多的新興互聯網公司崛起，然後由春秋五霸變成戰國七雄，再然後是諸侯混戰，再然後就是天下大勢分久必合了……」

「你覺得還會有哪些互聯網公司有資格進入戰國七雄的行列？」

葉十三談興大起，很想和商深探討一下中國互聯網的走向，他的公司被雅虎收購之後，一開始重組的過程還算順利，但在重組之後，他繼續擔任總經理，資方安排了一個董事長，漸漸地，他和董事長之間關於公司定位和未來的走向就有了分歧。

時間越久，分歧越嚴重，到現在已經上升到了理念不和的地步，除非他

向資方妥協，否則以眼下的形勢推斷，早晚會出現不可調和的矛盾。

雖然葉十三還沒有心生退意，但他也清楚，他現在只有兩條路可走，要麼完全向資方妥協，資方怎麼要求就怎麼辦。要麼他另尋出路，早點辭職走人。除此之外，他別無選擇，美國人固有的思維方式，和他完全不在一個維度，不管他有什麼建議，對方一律說NO。

葉十三勝利的喜悅沒有持續多久，就被和資方因分歧而產生的矛盾帶來的苦惱所替代，他每天都在痛苦中度過。有心放棄公司另謀出路，卻又心有不甘，畢竟是他辛苦創立的公司，交到他人手中任由他人調整方向，眼睜睜看著公司駛向和他的想法相背的地方，就如看著自己的孩子走向絕路一樣痛心疾首。但他已失去了控股權，沒有辦法左右資方的想法。

或許在外界看來，葉十三的公司賣出了一點二億美元的價格，風光無限，其實任何事件在光鮮的背後，總有不人所知的陰暗面。葉十三頭上頂著成功的光環，但背後的酸楚誰又能知道？一點二億美元只是公司的估值，資方只支付了控股權的部分，因為葉十三和伊童還保留了一部分股份的原因，實際上葉十三和伊童變現了三千萬美元，在支付范衛衛的一千萬美元後，二人手中只剩下兩千萬美元了。

兩千萬美元中，葉十三只占百分之二十的股份，也就是四百萬美元。雖然四百萬美元合三千多萬人民幣，但葉十三在買了一套房子和汽車後，只剩下兩千多萬了。

如果繼續創業投資新的公司的話，或許手中的錢還得全部投進去。在新聞媒體和外界眼中光鮮無比的葉十三，被許多人認為是億萬富翁的他，其實個人資產距離億萬富翁還相去甚遠。

不過也可以理解，商業的事情一向喜歡誇大解讀，許多被人稱之為首富者，有時手中可以調動的流動資金也許不過幾百萬人民幣，銀行借款卻可能高達十幾億，每天的利息都要上百萬之多。

再後來，在經濟泡沫積攢到一定程度時，許多所謂的首富紛紛露出了原形，有人破產，有人自殺，有人潛逃。此為後話，暫時不提。

現在葉十三的處境很尷尬，想要跳出公司重新創業，卻又不捨得離開公司，畢竟傾注了太多的感情，而且還在公司持有股份，在總比不在好；但繼續待下去，似乎又沒有什麼意義，失去公司控制權的他，只是一個聽從命令的執行者，而非政策的制定者。同時，重新創業不但風險很大，最主要的是，他的心思全部撲在了中文上網網站上，不知道還可以再從哪裡入手創業。

他之所以想問問商深還會有哪些互聯網公司有資格進入戰國七雄的行列，是想聽聽商深的看法，到底雅虎進入中國之後，有沒有未來，有沒有可能在中國互聯網的大潮之中擁有一席之地？雅虎中國如果有未來的話，他就賭上一把，繼續留在公司跟在雅虎的後面，也好過自己再次冒險創業。

商深大概明白了葉十三的用意，葉十三目前的處境，雖然他沒有問過，卻也能猜到八九，他淡淡地說：「除了上面的春秋五霸之外，還有資格進入互聯網逐鹿天下的應該有盛大和千度。」

「盛大和千度？」

葉十三笑了，「盛大才剛成立，千度還沒有成立，你怎麼會認為盛大和千度有資格進入群雄爭霸的遊戲中？」

盛大公司目前還在籌備之中，不出意外，會於一個月後在上海成立。創始人陳天橋是一個傳奇人物，作為復旦大學的高材生，陳天橋曾經以優異的成績提前一年從復旦畢業，畢業後從事經濟工作，在股市上賺取了第一桶金後，開始了創業之路。

盛大作為一家互聯網公司，陳天橋卻並不想走門戶網站、電子商務以及社交網站之路，而是另闢蹊徑，想從網路遊戲入手，試圖打造中國第一家大型網路遊戲互聯網公司。至於正在籌備中的千度，要走的是搜尋引擎之路。

兩家公司，商深都有過接觸，不過陳天橋人在上海，商深雖然和陳天橋有過幾次交談，並且對陳天橋的理念很是贊同，卻不是他所想要的發展方向，就沒有和陳天橋有進一步的合作。

千度就不用說了，他現在基本上已經為代俊偉的回歸做好了前期工作，千度的成立，隨時都可以啟動，前提是代俊偉如期回國。代俊偉已經初步確定在年底回國。

「盛大的理念很有新意，網路遊戲是隨著互聯網普及之後的衍生品，會大有市場。當然了，我本人並不贊同網路遊戲，網路遊戲太害人，現在大多數家庭是獨生子女，如果都縱容孩子們玩遊戲的話，中國就沒有未來了。大馬哥曾經因為兒子有一段時間沒有節制地玩遊戲而變得孤僻易怒，甚至有暴力傾向，他當時就說了一句話：餓死也不做遊戲。」

商深又想起了馬朵，回到杭州的馬朵一入風雲便化龍，現在事業蒸蒸日上，融資滾滾而來，不再如當年創辦中國黃頁時的窘迫不堪。

「不過如果單純地從商業角度來說，盛大會以遊戲起家，最終締造一個輝煌。」商深注意到葉十三眼神中不是十分贊成的目光，不以為意，繼續闡述自己的觀點：

「Google的成功說明了搜尋引擎市場潛力巨大，代俊偉回國之後，千度上線，中國的互聯網格局將會為之改寫。」

「商深，你太自以為是了，在你的觀點裡，戰國七雄居然沒有雅虎中國和微軟的MSN，你的局限性太大了，一葉障目不見森林。要我說，雅虎中國和MSN肯定會崛起，說不定還會替代興潮、索狸，中文上網網站也會成為戰國七雄之一。」伊童反駁商深的觀點。

「雅虎中國和MSN在中國不會成功，就算Google進入中國後，也未必可以打得過千度。」商深呵呵一笑，「我只是發表我自己的看法，並沒有要求你相信。信不信由你，反正不出幾年，中國互聯網的大格局就會塵埃落定。現在才初顯雛形。」

「時候不早了，我和伊童就不打擾了。」葉十三站起來，和商深握了握手，「商深，有一點你不用懷疑，如果有人對你背後下黑手，正好我在的話，我會毫不猶豫地衝上去和你並肩戰鬥。」

「謝謝。」商深心中閃過一絲感動，他相信葉十三的話是實話，雖然葉十三太在意勝負，因而有時手段不太光明正大，但他為人的底線和原則還有。

「真囉嗦。」葉十三和伊童走後，崔涵柏才從房間出來，「沒完沒了，商深，和他們有什麼好說的？虛偽得很。」

商深笑笑：「涵柏，有事？」

「我來看看你。」崔涵柏拿出手機，「再當著你的面給黃廣寬打電話問個清楚。」

「沒必要。」商深想要阻攔卻晚了一步，崔涵柏的電話已經打了出去。

鈴響三聲，黃廣寬居然接聽了電話。

第七章

拓海九州

「盛世春平、盛景春平、中正盛景、華麗天空、拓海九州……崔伯伯覺得哪個好

商深擺出虛心請教的姿態。

「中正盛景和華麗天空比較有意境一些，你說呢，史蕊？」

崔明哲見史蕊有意發表意見，就故意傳球給她。

「黃廣寬！」崔涵柏咬牙切齒地罵道：「你這個雜碎，有什麼衝我來，別對商深下手！你不是玩意兒，別讓我見到你，見到你的話，我非吃了你不可！」

和崔涵柏的氣急敗壞相比，黃廣寬就老奸巨滑多了，他嘿嘿一笑：「我們的事情不是已經解決了，你還吃我幹什麼？我良心發現，覺得騙你這樣沒智商的笨蛋的錢太沒技術含量了，決定以後改邪歸正，只騙貪官的錢，怎麼樣，我算不算俠盜？什麼叫衝商深下手，商深怎麼了？」

「你他X的還裝！」崔涵柏怒了，破口大罵：「你雇兇殺人，想砍死商深。還好商深福大命大，沒事，你肯定非常失望吧？等著，讓你更失望的事情還在後頭，你最好現在趕緊跑路，否則的話，警察很快就來抓你了。」

商深無奈地搖了搖頭，和黃廣寬這樣厚顏無恥的人逞口舌之爭，純屬浪費時間，浪費感情，而且又於事無補。

「商深被人砍了？真的假的？你別騙我。」黃廣寬演技一流，語氣流露出關切之情，似乎他真的不知道並且確實關心商深一樣，「他要不要緊？有沒有受傷？是誰下的黑手？告訴我，我一定替他報仇。」

崔涵柏幾乎要被黃廣寬氣得不知所措了，他原地轉了幾轉：「你砍自己一刀，就算替商深報仇了。」

商深從崔涵柏手中搶過手機：「黃總，我沒事，多謝掛念。」

「哎呀商總，嚇死我了，你真的沒事吧？要不要我飛北京看看你？」

黃廣寬恨得牙根直癢，商深居然沒事，真是交了狗屎運了，不過表面上的文章還得做足，表現得很急切，「我現在就去機場。」

「不用了，謝謝。」

如果黃廣寬此時站在他的面前，商深不知道他還能不能做到如此平靜，但現在，他平靜得連自己都驚訝。

「黃總以後也要小心些，現在總出一些走路撞到鬼怪，下山遇見壞人，出門被車軋到，喝水被水嗆著稀奇古怪的事，所以要珍惜眼下的幸福，說不定一轉身自由都沒了。」

黃廣寬暗嘆一聲，崔涵柏的城府和商深相比，簡直差了十萬八千里，崔家也幸虧有了商深，否則以後偌大的家業能不能保住還得兩說。

「多謝商總的提醒，我會小心的，小心行得萬年船嘛。我可以走的路太多了，旱路，水路，空路，不管是哪條路，想走的話，隨時的事。」黃廣寬機鋒應對，「再說，深圳我太熟了，閉著眼睛走都不會迷路，什麼鬼怪、壞人、汽車、喝水這些事，在別的地方不知道會不會很多，在深圳，肯定沒有。」

「深圳是離北京很遠，而且是特區，」商深呵呵一笑，「但執行的也是中國的法律。」

「深圳離香港很近，香港可是一國兩制。」

「深圳是離香港很近，但有時，一步的距離就是天涯。」

商深見黃廣寬死不悔改，知道再談下去也沒有意義了，「有機會北京見，黃總。」

「也許吧，不過我更希望我們有機會在深圳見。」黃廣寬乾笑一聲，掛斷了電話。

「黃哥，怎麼辦？」黃漢目露凶光，站在黃廣寬的身後，「商深這小子真是命大，看來得我親自出手了。」

黃廣寬點點頭，一臉陰沉：「這樣，黃漢，你和寧二現在就動身去一趟北京。記住，不要見葉十三，直接去見畢京，告訴畢京，如果他配合我們的行動，他可以用一千萬的價格得到一批價值三千萬的電子配件。」

「好，馬上就走。」黃漢和寧二對視一眼，二人目光凶狠地點了點頭。

「我估計黃廣寬還會有後手。」

商深不知道黃漢和寧二正準備動身前來北京，卻從黃廣寬的態度中感覺到事情還沒有完，有些擔心崔涵柏的安全。

「涵柏，最近這段時間，你不要到處亂跑，安心在北京待著。對了，回頭我會請崔伯伯幫忙找一塊地建大樓，定名為世紀大廈，工程打算交給你來負責。」

「沒問題。」

崔涵柏一聽有事情可做，立刻開心了，「世紀大廈？好名字，正好迎接新世紀的到來，預示我人生的新世紀會一同到來。」

崔涵柏來主要是看望一下商深，然後再和黃廣寬電話對質，目的都達到了，還意外收穫一個最少上億造價的工程，喜出望外，樂滋滋地走了。

下午，商深接到了歷江的電話。

「媽的，進展不太順利。」

「怎麼了？」

其實商深在通話時，從黃廣寬囂張的口氣已經可以得出結論，從兩個凶

手身上應該找不到突破口。

「說沒有幕後指使，還說是見財起意，並不認識你，也不是尋仇。」

歷江審了半天，結果一無所獲，對方一口咬死沒人指使，和商深素不相識，單純是無意中發現商深戴了塊好錶，於是臨時起意決定劫財，並沒打算害命。

歷江處理類似的案件多了，沒見過拿著西瓜刀拼命砍人的劫財，分明是只害命不劫財，但苦於沒有證據，奈何不了二人。這兩個也是死豬不怕開水燙，隨便你怎麼樣，反正不管是判無期還是死刑，都不在乎。

窮的怕橫的，橫的怕愣的，愣的怕不要命的，歷江辦案經驗豐富，知道最難啃下的硬骨頭就是亡命之徒，對方連死都不怕了，你還能怎麼樣？想要從二人身上尋求突破，現階段暫時沒可能了。

這個結果早在商深的預料之中，商深說道：「不要緊，慢慢來，總有抓住幕後真凶的時候。」

「對不起，商哥，是我無能。」

歷江陷入了深深的自責中，如果不是因為有紀律約束，他早就暴打兩人一頓了，可惜他不能。不過他交代了手下，吩咐好好照顧一下二人。相信這兩人在看守期間，會受到超常的「禮遇」。

「說這些就見外了，哈哈。」商深爽朗地一笑，「對了，世紀控股投資公司即將成立，你打算投入多少錢？」

歷江清楚商深才不缺他的幾萬塊，完全是想拉他一把，心下感動：「我手裡一共就十萬，是打算結婚的錢。」

「都拿來吧，肯定耽誤不了你結婚。」商深想多為歷江爭取一些股份。

「好耶。」歷江歡呼一聲，「商哥，你最近多加小心，要不，我派幾個兄弟跟著你？」

「那倒不用，我自有分寸。」商深才不願意總被人跟著。

晚上，商深去了崔家，先是向崔明哲說明山上發生的事，聽得崔明哲冷汗直流，史蕊紅更是紅了眼圈。然後又說到地皮的事，崔明哲一口答應下來，正好他手中剛拿到一塊地，想上馬一個辦公大樓，既然商深需要，就先讓商深用了。

「世紀大廈的名字不太好聽，也不好註冊，要起一個好聽好記的名字。」崔明哲提出意見。

商深早有準備，說：「世紀是初定名，還沒有正式敲定，我正好有幾個

備選，請崔伯伯拿個主意。」

「好。」崔明哲笑瞇瞇地喝了口茶。

「盛世春平、盛景春平、中正盛景、華麗天空、拓海九州、普譽人間……崔伯伯覺得哪個好？」商深擺出虛心請教的姿態。

「中正盛景和華麗天空比較有意境一些，你說呢，史蕊？」崔明哲見史蕊有意發表意見，就故意傳球給她。

史蕊微一思忖：「我喜歡拓海九州，中正盛景作為房地產公司的名字還不錯，商深的公司是控股投資，拓海九州更有氣魄。」

「好，就定拓海九州了。」商深一錘定音。

一周後，史蒂夫再來北京，和商深正式簽署了協議，完成了交接手續後，施得電腦有限公司正式易主，資金也一併匯入了商深指定的帳戶。

數著戶頭上的數字後面的八個零，商深滿足地笑了。

每個人都有或大或小的夢想，商深的夢想是擁有一棟屬於自己的大樓，締造一個可以幫助許多人成功的商業帝國，參股許多可以促進社會進步的公司，讓自己的才能和財富轉變為可以為許多人帶來生活便利和提升生活品質的貢獻。

在得知商深公司的出售是全盤出售，商深沒有保留股份，也不擔任任何職務，葉十三才知道商深確實棋高一著，比他看得更長遠，現在他深陷其中不能自拔，商深卻是完全放手，不但灑脫，而且是真聰明。

不過，到底以後誰更有前景，現在下定論還為時過早，葉十三雖然和資方的合作不太愉快，但他還是堅信他的判斷——雅虎中國會在中國的互聯網中擁有一席之地，不，甚至會像日本一樣，成為中國最頂尖的門戶網站。

在葉十三眼中，中國互聯網經過九七年的開局和九八年的醞釀，到今年，該冒頭的已經冒頭了，以後的諸侯爭霸也好，王者一統天下也好，都會從現有的互聯網公司中間產生。

但在商深看來，中國的互聯網格局才剛剛佈局，真正的大局還沒有奠定，還會經歷更多的戰火和洗禮，才會慢慢形成王者一統諸侯割據的最終局面。

一個月後，商深的拓海九州控股投資有限公司正式成立，商深不再是最小股東，成了公司最大股東，崔涵薇、藍襪依然是第二第三大股東，同時，徐一莫、王松和歷江也成為股東之一，雖然幾人持股比例很小，也算是正式進入公司的管理層了。

原來施得公司的大部分人馬都留在施得公司，只有王松一人跟了過來。倒不是商深不想讓他們跟來，而是根據合同，原員工還需要工作到合約期滿才能離開。再者傅曉斌、陳明睿和趙豔豪幾人求安穩，不願意再跟著商深重新創業，拿青春賭明天。現在公司成了外資企業，收入翻了一倍，不想再去拼搏奮鬥了。

王松卻非要跟來，雖然他亦看好施得公司被收購後的前景，但他更願意跟著商深打天下。商深也沒有虧待他，許以股份。他十分感動，決定從此誓死追隨商深，君以國士待我，我必國士報之，是王松做人的理念。

公司成立的當天，雖是天寒地凍的冬天，拓海九州大廈也正式破土動工了。

位於三環以內的拓海九州大廈雖然占地面積不大，但在土地資源日益稀少的今天，也算是十分難得了。在崔明哲的運作下，以及崔涵柏的精心核算下，總造價控制在一億人民幣左右。

雖然花費不貲，商深卻覺得很值得，他相信以後肯定會有巨大的升值潛力。和他持同樣觀點的還有王陽朝和向落，二人也準備在北京置辦辦公樓和住家。

由於拓海九州大廈建成還需要一年半載的時間，拓海九州公司便先租借誠實大廈辦公。公司成立當天，盛況空前，和當年施得電腦公司成立時的冷清不可同日而語。

一大早，商深就在樓下迎接貴賓。

他不在樓下迎接不行，因為今天來的貴賓，不少是舉足輕重的重量級人物，他如果還穩坐在辦公室，有怠慢之嫌。

九點剛過，第一個貴賓到了。

一輛賓士緩緩駛進停車場，由徐一莫帶頭的禮儀小姐分列兩旁，對貴賓的到來表示歡迎。包括商深在內的拓海九州的幾名高層官員，藍襪、王松都在門口迎候。

崔涵薇在樓上恭候大駕。

會是誰呢？王松心中忐忑不安。自從決心跟隨商深重新創業以來，他每天都充滿了激情和鬥志。現在公司正式成立，他反倒多了幾分緊張，因為請帖發出去不少，不知道都有誰會來。

光臨的業界大老越多，等於是捧場的同行就越多，相應的，拓海九州未

來的前景就越好。如果業內的風雲人物全數到齊的話，說明商深的人脈廣人緣好，以後的業務拓展和管道打開，就積攢了足夠的人氣。反之，如果無人捧場，公司的前景就堪憂了。

以前的施得公司，需要揣摩的是使用者心理，只要用戶喜歡，有市場佔有率就可以了，現在的控股投資公司，需要和各大互聯網公司合作，如果各大互聯網公司不配合的話，就無路可走了。

王松搓了搓手，不是因為冷，而是因為期待和焦慮。今天的一戰，決定到日後的長遠，只許勝，不許敗。

第一個貴賓會是誰呢？王松回想了一下由他親自簽發的請帖，足足有幾十張之多，據他預計，收到請帖的業內大老能有三分之一親自蒞臨就不錯了，畢竟拓海九州剛剛成立，在業內還沒有足夠的名氣和影響力，所憑的只有商深的人脈和人緣。

在實力為尊的互聯網業內，人脈和人緣能有多少分量？王松心中沒底，悄悄看了商深一眼。

商深平靜地望向第一個出現的貴賓，說實話，車上坐的是誰，他也不知道，他不可能認識業內大老每一個人的專車。對於今天到底能有多少人到場，他也不甚清楚。

賓士車停穩後，公關部的木恩一路小跑過去替貴賓開門。木恩是新進員工，人長得很有精神，手腳勤快，很有眼色，由他負責接待。

車門打開，一人從車裡下來，他身材高大，臉色白淨，戴著一副眼鏡，很有書生氣質。周圍人群一陣躁動，不少人驚呼出聲：「哇，張向西！」不錯，正是興潮網的創始人張向西。

第一個到來的貴賓居然是張向西，商深心中微有激動之意，趨步向前迎接張向西的到來。

張向西的身後，還有仇群隨行。

商深今日的成就，張向西感慨萬千。他親眼目睹商深從一個初出校門的年輕人一步步走到今天，如果說沒有當初仇群的慧眼識珠，沒有八達作為商深的起點，商深也不會有今天的成就。所以商深的成就越高，他就越有一種與有榮焉的興奮。

仇群的心情也很激動，在他眼中，商深就和他的孩子差不多。從不名一文到今天擁有上億美金的成功人士，商深的成功之路堪稱是互聯網財富神話

的教科書。

商深也一向視張向西和仇群為自己人生道路上的指路明燈，二人作為第一位到場的貴賓，他十分開心，緊緊握住了張向西的手：

「感謝張總和仇總的大駕光臨，拓海九州能夠成立，從源頭來說，也得益於當年張總和仇總對我的幫助。」

吃水不忘挖井人，商深永遠銘記在他的人生路程中，所有幫助過他的人。

「商深，你的成就是因為你自己的能力，我和仇群只不過為你提供了一個機會而已。」

張向西很高興商深還記得當年的事。一個人的人品，就表現在他是不是心存感恩。

仇群鄭重其事地拍了拍商深的肩膀，想說什麼，卻又感覺千言萬語無從說起，最後只說出了兩個字：「恭喜！」

木恩負責迎接，莫莉負責引領貴賓上樓。莫莉也是公關部新進的員工，長得小巧玲瓏，皮膚白皙，不但長得漂亮，說話的聲音也是溫柔如水。

張向西和仇群剛上樓，第二位貴賓也到了。

第二位貴賓的汽車是一輛奧迪，黑色的奧迪在陽光下閃耀著冷峻的光芒，奧迪剛一停穩，木恩及時上前拉開了車門。車上下來的人，高個，瘦弱，表情冷峻。

人群又爆發出一陣驚呼：「王陽朝！」

沒錯，正是索狸的創始人王陽朝。

在互聯網業內，儘管興潮、索狸和絡容是齊名的三大門戶網站，張向西、王陽朝和向落被稱為網路三劍客，但實際上三人之中，張向西最低調，向落最特立獨行，王陽朝新聞最多。

王陽朝為人喜歡語出驚人，三家網站中，也以索狸的新聞視角最為獨特，並且以敢於報導事件背後的真相而著稱。作為三劍客之中名氣最大出鏡最多的王陽朝，知名度在張向西和向落之上，認識他的人，也比認識張向西和向落的人多許多。

「王陽朝！」

人群之中，不知道誰帶頭喊了一嗓子，頓時引發人群的躁動，不少人向前湧動，想和王陽朝近距離接觸。

一開始商深沒有想到會有這麼多的圍觀者，等後來人群越聚越多時，他才意識到事情的嚴重性，忙打電話給歷江，讓歷江出動員警來維護秩序。

歷江二話不說，忙帶了三個人前來。

來了之後才發現帶太少人來了，現場已經聚焦了至少上百人，他讓人先佈置了一個隔離帶，指著紅地毯笑道：「哥，怎麼和明星走紅地毯差不多？」

「明星？」徐一莫對歷江的形容嗤之以鼻，「哪個明星比得上商總今天邀請的貴賓？就算最頂尖的明星見到今天到場的任何一個貴賓，也得仰視。」

「也是，不管是以財富論英雄，還是論對社會的貢獻，明星除了知名度高之外，還真比不上ＩＴ業界的大老們。」歷江嘿嘿笑了，又叫來十幾個員警幫忙。

沒過多久，人群迅速增加到了兩百人以上，歷江頭大了，擦汗說道：「不是吧，哥，你邀請的都是什麼大人物啊，怎麼這麼多圍觀者？」

互聯網浪潮已經成為大部分人生活的一部分，幾乎無人不關注互聯網業界的新聞事件，只要是常上網的人，都知道幾大網站，對互聯網大老的名字耳熟能詳。

等到張向西等人出現時，人群已經接近三百人了，而且還有增加的趨勢，歷江見十幾名警力無法保證現場秩序，請求分局趕緊再加派警力。

王陽朝現身的時候，人群就如洶湧的潮水向前衝去，歷江離人群最近，險些被推倒。

什麼人呀這是，這麼大魅力？他朝王陽朝看了一眼，心中犯起嘀咕，又沒我帥，怎麼這麼多人想和他握手？

成功人士就是好，不但有前呼後擁的氣場，還有無數人歡呼的待遇。

歷江卻不知道，圍觀互聯網業內大老的人群和圍觀明星的人群有著本質上的不同，圍觀明星的人群多半是少不經事的年輕人，只是出於盲目的崇拜心理，想和偶像近距離接觸，除此之外，就是荷爾蒙的過多分泌和激情的過盛。而圍觀互聯網大老的人群，都是互聯網的愛好者、創業者或是渴望成功的有志青年，互聯網大老的成功經歷激勵著他們的人生不停地向前，他們和人生的偶像近距離接觸，期望得到他們隻言片語的指點。

王陽朝朝人群揮了揮手：「謝謝，謝謝你們。」然後大步流星朝商深走去，接過商深伸過的右手，哈哈一笑：「商深，他日若遂凌雲志，敢笑黃巢不丈夫……你現在可以嘲笑當年那些對你愛理不理的人了。昨天的我你愛理不理，今天的我，你高攀不起，商深，你現在已經擁有了俯視許多人

的本錢！」

商深謙遜和誠懇地一笑：「站得高才能望遠，所以我們一直在努力登高。不過，放低自己才能聚焦人氣和人脈，海越深越寬廣。」

「海不厭深才能海納百川，商深，你以後的道路會越走越好。」

王陽朝雖然性格稍有激進，卻喜歡謙虛的人，他拍了拍商深的肩膀，又朝人群揮揮手，轉身跟隨莫莉上樓而去。

人群目睹了兩位在互聯網業界舉足輕重的貴賓到來，都對第三位貴賓的出現充滿了期待，會是哪一個更有分量的大人物呢？

不少人紛紛驚嘆，拓海九州到底是什麼來歷，新成立的公司，竟然能驚動互聯網業界兩大巨腕，難道說，公司的創始人是什麼深藏不露的高人？

正當眾人紛紛猜測的時候，又來了一輛汽車。是一輛深藍寶馬。

在前面兩輛黑色賓士和奧迪的襯托下，深藍色的寶馬顯得十分年輕時髦。

車一停穩，不等木恩跑向前去，車門打開，一人自己先下了車，然後跑到副駕駛位，打開車門，恭請車上的人下車。

車上下來一名風姿綽約的女子，女子黑色風衣，長筒皮靴，長髮飄揚，一露面就惹得人群一片驚呼。

「哇，真漂亮。」

「是什麼大明星嗎？」

人群都被女子絕世的容顏驚呆了，再留意到恭請女子下車的男子，頓時倒了胃口，雖然他西裝革履，可惜長得實在是太醜，塌鼻子高顴骨不說，五官還搭配得十分不協調，與女子完全不搭配。

男子請女子下車後，又打開後門，恭請另一人下車。

是一名五十開外的老者，一頭花白頭髮，穿著雖然不錯，卻難掩神情中的土氣，一雙眼睛轉來轉去，有一種鄉巴佬進城的感覺。

眾人大失所望，除了女子姿色不錯之外，其他二人都沒有出奇之處，從三人的一舉一動和神態可以得出結論，三人絕非大人物。

眾人不認識三人是誰，商深卻認識，他心中微微一動，他們怎麼來了？

正是范衛衛、畢京和畢工！

第八章

三巨頭

「三國演義？」代俊偉雖然知道馬化龍的提議對他來說有些過於遙遠了，但既然回國創業，他如果沒有做到行業第一，也對不起他孤注一擲的勇氣。

「三國演義不太好聽，不如叫……」

商深想了想，眼前一亮，「三巨頭。」

如果說范衛衛和畢京出現他還不怎麼驚訝的話，那麼畢工的意外現身，卻是讓他大感意外，他並沒有邀請畢工，不對，他連畢京也沒有邀請，只邀請了范衛衛。

徐一莫頓時火了，范衛衛實在欺人太甚，今天是多重要的日子，商深邀請她是給她面子，她帶畢京前來就很不懂事了，還帶著畢工出現，是故意給商深添堵是不是？

真差勁，早就勸商深不要邀請范衛衛，他還不聽！薇薇也是，非說邀請范衛衛才符合人之常情，結果倒好，范衛衛根本是帶人來亂來了。

徐一莫一挽袖子——這才發現今天穿著套裝，加上天冷，挽不動——正要向前迎戰，卻被商深拉住了。

既然來了，就得迎客，商深壓下心中一閃而過的怒意，如果范衛衛今天是專為搗亂而來，他不會再對她留絲毫情面。

「歡迎范總。」商深主動和范衛衛握手，「范總事務繁忙，百忙中還抽出時間參加本公司的成立儀式，深感榮幸。」

「商總，其實……」

范衛衛意味深長地看著商深，又瞄了他身邊的藍襪、徐一莫一眼，「其實我今天來，不是為了參加貴公司的成立儀式，是特意來看你。」

雖然崔涵薇不在場，但商深左有藍襪，右有徐一莫，兩大美女在側，整個人容光煥發，頗有春風得意之意。

「想看商總，以後不要想來就來，商總公務繁忙，日理萬機，不是誰想見就可以見到的，要提前預約。」徐一莫沒好氣地回敬范衛衛，「對了，記得提前三個月預約，否則有可能約不上。」

范衛衛搖頭笑了笑，對徐一莫的挑釁視而不見：「商總……不歡迎？」

「歡迎，歡迎。」商深招呼莫莉帶領范衛衛幾人上樓，「范總請先上樓，我隨後就到。」

「不急。」范衛衛卻沒有邁開腳步，用手一指畢京，「畢京有話要說。」

畢京朝商深點點頭，以前的傲氣和高高在上的姿態全都不見了，取而代之的是謙和低下的恭敬：「商總，我不請自來，希望你不要見怪，我來是想聲明一件事──山上的事，和我無關。」

在商深的公司正式售出後，畢京的一顆心總算落到實處，不再半懸在空中難受了。

雖然親眼見到史蒂夫向商深報價的一幕，他當場震驚得無以復加，但又

自我安慰，商深或許是請了一個外國演員在演戲給眾人看，要的就是自我抬高身價，並且製造新聞事件。

畢京獨自回到北京——范衛衛不願意和他同行，說要在家裡多待幾天——他在家睡了一天，本來打算養足精神後再見葉十三，說說他在深圳之行的見聞時，卻意外接到了黃廣寬的電話。

「畢京，做掉商深，你幹不幹？」黃廣寬的聲音透露出森森殺意。

畢京嚇了一跳，他是痛恨商深不假，但要說殺了商深，他可不敢：「我不幹犯法的事。」

「真沒出息。」黃廣寬冷笑一聲，挑撥道：「商深只要活著一天，你就會被他踩在腳下一天，一輩子也翻不了身。」

畢京身心疲憊，被商深的巨大成功打擊得體無完膚，哪裡還有心思和黃廣寬鬥嘴，當即掛斷了電話。隨後就傳來商深在下山時遇刺的事。

畢京嚇個半死，黃廣寬是真的想要弄死商深，有必要嘛，生意上的競爭用商業手法解決，犯不著殺人啊。他打電話問葉十三到底是什麼情況，和葉十三通話後才知道，原來黃廣寬是因為崔涵柏的一千萬而對商深埋下了殺機。其實葉十三並不知道除了崔涵柏的一千萬之外，商深還攪黃了黃廣寬另一筆兩千萬的騙局。

「怎麼辦，十三？」畢京找到葉十三，當面和葉十三商議對策。

「袖手旁觀，兩不相幫。」葉十三氣定神閒地說：「事不關己，高高掛起。」

畢京想了想，點頭說：「也是，置身事外才是最好的選擇，不管誰勝誰負，最後我們都沒有損失。」

「有一點你一定要注意，最近不要和黃廣寬來往，不管是私人交往還是生意往來，以免被他算計，到時候被拖下水，就得不償失了。」

葉十三雖然也希望商深倒楣，但他擔心畢京會被仇恨和憤怒沖昏了頭，特意提醒。

「嗯，我明白。」

畢京認真地點點頭道，似乎真的聽進了葉十三的話。

然而一天後，畢京就食言了，因為他見到了黃漢和寧二。

黃漢和寧二返回北京後，悄悄地誰也沒有通知，只來找畢京。擺出了黃廣寬開出的條件——三千萬的配件，只賣一千萬。

畢京本來已經決定不介入黃廣寬和商深的生死決戰之中，也親口答應了葉十三，但在見到黃漢和寧二的一刻就動搖了。等黃漢和寧二的條件提出來後，幾乎瞬間就改變了主意——要和黃廣寬聯手做掉商深。

在他的想法，所謂的聯手，不過是抓住黃廣寬急於對商深下手的心理，他獅子大張口乘機向黃廣寬索要大量好處，然後假裝配合黃廣寬的計畫，暗中掌握黃廣寬的犯罪證據，等黃廣寬真的做掉商深後，他再匿名向公安機關檢舉，讓黃廣寬落入法網。

黃廣寬殺人償命，一進去自然就沒有機會出來了，如此，他就可以侵吞掉黃廣寬的全部資產了，等於是一舉兩得，既除掉了商深，又幹掉了黃廣寬，然後他還得到了好處。這樣的好事，何樂而不為？

黃漢和寧二是畢京的發小，從小一起長大，畢京本以為黃漢、寧二和他更親近，會站在他這邊，就對二人說出了他的想法，寧二竟當場翻臉，說非要告訴黃廣寬畢京在算計他不可。

畢京忙改口說他是隨口開玩笑，心中卻想，沒想到寧二這麼蠢，分不清好人壞人也就算了，連誰遠誰近都搞不清楚，真是個二百五。

不過畢京注意到黃漢若有所思的表情，等寧二不在的時候，他便試探黃漢的態度。果然不出他所料，黃漢動心了。

黃廣寬雖然對黃漢有恩，但時間久了，黃漢也不願意久居黃廣寬之下。主要是黃廣寬越來越喜歡歪門邪道了，如果說只是走私也沒什麼，現在卻連走私也嫌賺錢慢，一心想著詐騙。

黃漢卻接受不了空手套白狼的玩法，在他看來，走私靠的是能力、運氣和管道賺錢，雖然偷稅漏稅也是犯法，但對客戶還有個交代，還有信譽。但詐騙就不同了，詐騙完全是拿個人信譽當交易。一個人失去信譽後，人格就破產了。黃漢不想當一個人格破產的人，詐騙不符合他的做人原則，他寧可搶也不願意去騙。所以一聽畢京說要趁黃廣寬和商深最後兩敗俱傷時拿走黃廣寬全部的財產，黃漢立即怦然心動。

黃漢和畢京達成了共識，如果寧二非要執迷不悟，跟著黃廣寬一條路走到黑的話，那麼在必要時，寧二也不能怪他們不講情面。

畢京甚至和黃漢談妥了分成，他六黃漢四。黃漢也同意了。

本來黃漢和寧二以為黃廣寬會讓他們很快再對商深下手，兩天後卻接到黃廣寬電話，讓他們回到深圳。因為黃廣寬得到消息，商深背後有人出手，加強了對商深的保護，不管商深走到哪裡，暗中都有便衣跟隨。如果對商深出手，等於是自投羅網，不如等風聲過去了再說。

畢京也認可黃廣寬的安排，事情需要從長計議，不能急，急則生變。

黃漢和寧二回到深圳後，黃漢一直在暗中和畢京密切聯繫，時刻向畢京通報黃廣寬的行蹤。

然而畢京和黃漢不知道，在還沒回深圳前，寧二已經向黃廣寬通風報信，說出畢京想得漁人之利的想法。黃廣寬聽了後哈哈一笑，大誇寧二忠心，然後讓寧二密切監視畢京和黃漢，但不要讓二人知道。

寧二因為黃廣寬之助得以提前出獄，一直視黃廣寬為命中貴人，對黃廣寬言聽計從。儘管黃漢和畢京是他的發小，但他在心理上卻覺得和黃廣寬更近。

如果讓畢京知道他和黃廣寬之間已經形成一明一暗、各懷鬼胎的局面，他也許會及時收手，跳出黃廣寬和商深的生死之爭，可惜他沒有察覺，一心以為他騙過了所有人，包括葉十三和范衛衛。

商深公司成立儀式，本來沒他什麼事，商深自然不會邀請他，而且他也不夠資格，就連范衛衛和葉十三也不夠資格，但商深還是出於舊情邀請了范衛衛。得知消息後，畢京立刻找到范衛衛，提出要和范衛衛一起參加商深公司的成立儀式。

自從深圳回來後，畢京和范衛衛就很少來往，除了必要的工作上的接觸外，私下幾乎沒有什麼互動。畢京在范衛衛父母面前丟大了人，自知無顏再見范衛衛，范衛衛也不再接受畢京的任何邀請，對畢京的態度冷到了極點。

畢京心裡清楚，范衛衛對他的冷落固然有他在深圳失禮的原因，更多的是因為商深一步登天、身家暴漲之故。原本被他踩在腳下如同草芥的商深，一躍成了他仰視才見的參天大樹，商深身上的光環大盛，讓范衛衛重燃對商深的愛戀也不是沒有可能。

說到底，商深的存在就是為了照耀他的渺小並且映襯他的失敗！畢京心中鬱積難平，更加堅定了要積極促成黃廣寬和商深之間生死一戰的決心。

范衛衛其實並不想和畢京一起參加商深新公司的成立儀式，應該說，她自己都不想參加。沒有什麼比見到前男友功成名就並且風光無限更悲催的事了，何況商深不但事業有成，身邊還美女如雲。

但畢京施展三寸不爛之舌說服了她，還搬出了畢工，說是爸爸病了，可能不久於人世，希望可以再見商深一面，當面向商深祝賀，也不枉他當年對商深的栽培。范衛衛雖然對畢工無比鄙夷，但心想：如果他是真心悔過，見一面也好。

畢京之所以一定要參加商深公司的成立儀式，是因為他有一件事必須當面和商深說個清楚。商深不知道事情背後有這麼複雜的內幕，聽畢京撇清自己，呵呵一笑：「你想太多了，畢京，山上的事，我沒有懷疑任何人，現在一切交由警方調查，真凶肯定逃不了。」

「商總真是大度，大度的人才會成功。」畢京故作輕鬆地說，「既然商總成立的是控股投資公司，不知道對未來製造有沒有興趣？」

商深一愣，控股投資公司本身不進行實體經營，而是以投資的方式，參股控股實體公司以創造收益，成立拓海九州之前，他並沒有具體設定公司的投資範圍，也就是說，他沒有將實體公司排斥在外，並不一定只投資互聯網公司。

「未來製造有意融資？」商深的目光落在范衛衛身上，范衛衛也是未來製造的股東之一。

「如果可以融資的話，公司也不排斥，融資之後可以擴大經營。現在訂單忙不過來，擴大經營的話，可以提高產能，增加利潤。」范衛衛沒有明確反對，她不知道畢京有此一提的真實想法。

「這件事以後再細談，呵呵。」畢京有意和商深拉近關係，以減少商深對他的提防之心，「以前我多有得罪的地方，商總大人有大量，不要記在心上。如果商總以後入股了未來製造，成為未來製造的大股東，說不定我還得歸商總指揮領導呢。」

商深不想和畢京扯得太遠，此時又一輛賓士駛進了停車場，他要迎接下一個貴賓，就想結束談話：「畢總，你先和范總上去吧，樓上有咖啡。」

「商深，看到你有今天的成就，我很高興，也很欣慰呀。」

畢工從畢京身後冒了出來，依然是一副居高臨下的姿態，主動握住商深的手，「當年我就知道你不是池中物，早晚會出人頭地，果然不出我所料，你現在也算是風雲人物了，怎麼著，是不是得謝謝你畢叔呀？」

范衛衛一陣反胃，沒見過這麼無恥的人，當年畢工在德泉不遺餘力地打壓商深，甚至後來都親自赤膊上陣了，現在居然還說讓商深謝謝他，真是恬不知恥。

不過又一想，商深也確實該謝謝他，如果不是他的打壓，商深也許還不會早早從儀表廠跳出來。說起來，畢工還是商深人生中的第一個跳板才對。

不等商深說話，藍襪接招了，她說話的語速不如徐一莫快，卻一字一句，字正腔圓，很有力度：

「畢工是吧？早就聽說過您的大名。您對年輕人的提攜和照顧，確實沒話說，如果不是您的『特殊照顧』，商總也許還在儀表廠當一個普普通通的公務員，哪裡會有今天的成就？沒有商總，也就沒有我們的今天。所以，公司的全體員工都要感謝您當年對商總的激勵。如果您有時間的話，公司想聘請您擔任顧問，不知道您有沒有興趣？」

畢京一聽勢頭不對，藍襪明顯是在挖坑，正想提醒老爸不要接招，畢工卻喜不自禁，以為藍襪真的對他高看一眼，忙不迭答應了：「好呀，沒問題，我很願意教導年輕人，希望他們都能成為棟樑之才。」

畢京晚了一步，懊惱無比，老爸，你一大把年紀了，怎麼一點察言觀色的本事都沒有?!哎，等著吃憋吧。

藍襪嫣然一笑：「太好了，謝謝您。您擔任公司的顧問後，一周來公司一次就可以了，也就是到處看看，隨處走走，看哪個員工不順眼，就和他談談心；如果他還不能變得順眼的話，您就可以施展整人大法，逼他離開公司。如果他最後成功地被您逼走了，好事一樁，他可以和商總一樣，創造一個屬於自己的傳奇；如果他沒有被您逼走，也是好事，說明他心理素質過硬，可以在公司擔任重任。」

「哧……」

徐一莫快笑噴了，藍襪太壞了，比她的直接攻擊強太多，她挖了一個坑，沒想到老謀深算的畢工居然沒有察覺，一步步走了進去，然後摔了個大大的跟頭，簡直太好玩了。

畢工再傻，也聽出了藍襪對他的反諷，一時臉上掛不住，由白變紅，又由紅變白，惱羞成怒正待發作之時，被畢京制止了。

畢京用力一拉爸爸的胳膊，小聲說了句：「商深有一點五億美元，合十二億多人民幣。」

這句話就如一盆冷水從天而降，將畢工的怒火瞬間澆滅。對一切以金錢論英雄的畢工來說，商深的一點五億美元就如一座高不可攀的山峰，他站在山腳下，深深地感到了自己的渺小。

在他的價值觀中，誰有錢誰就是大爺，商深比他有錢多了，他在商深面前就失去了底氣，沒有絲毫的心理優越感。

畢工勉強一笑，沒再多說什麼，跟隨畢京一起上樓而去。

范衛衛卻站住了：「算了，我就不上去了，再見商總，後會有期。」

商深也沒有挽留，快步向前迎接另一位貴賓的到臨。

剛才的插曲對圍觀的人群來說，並沒有激起什麼波瀾，沒有人知道范衛衛、畢京是何許人也，更無人對畢工感興趣，所有人的目光都落到了接下來到場的這台賓士車上。

這是一輛賓士S600，賓士系列中最豪華的一款。

車門打開，車上下來一人，個子不高，其貌不揚，長相怪異，很像是外星人。但他周身上下卻散發著一股令人肅然的氣勢，讓人很容易被他的一舉一動帶動，被他影響。

「誰呀？這人是？」

「不知道哇，沒見過。」

「他長得很像外星人，ＩＴ業有哪個人長得外星人來著？對了，是馬朵！」

「中國黃頁的馬朵？」

「不，是芝麻開門的馬朵。」

「芝麻開門？馬朵？天啊，他就是ＩＴ業內最有傳奇色彩的馬朵。」

人群一陣歡呼，馬朵雖然不如張向西出名早，也不如王陽朝在業內曝光度高，但他的傳奇故事早就成為一部經典範本，無數人從馬朵創業的經歷中得到激勵與靈感，也就是說，馬朵的創業之路比張向西、王陽朝更有可複製性。理所當然，他的人氣就更高。

許多人一湧上前，讓維護秩序的員警一下摔倒了好幾個人。

歷江擦了擦額頭上的汗，遠距離看了眼馬朵，想當年他和馬朵坐在一起聊天的時候，馬朵毫不起眼，現在的馬朵，雖然依然和當年一樣其貌不揚，卻多了讓人仰視的氣場，和當年已經不能同日而語了。或者說，已非吳下阿蒙。

馬朵朝人群揮了揮手：「我又不是什麼明星，大家不要激動。想和我握手，沒問題，隨便握，想和我合影，對不起，不合，為什麼？因為和我合影，可以襯托出你的偉岸風姿，我才不當陪襯。」

人群立時爆出一陣大笑，氣氛瞬間衝上了高潮。

商深感慨，馬朵依然很會造勢，也很會掌控氣場，不僅是個演講天才，也是一個控局高手。

馬朵親臨現場，出乎商深的意外。馬朵接到請帖後，打電話來，說不敢保證一定到場，但花籃肯定會有。商深知道馬朵最近很忙，哈哈一笑，沒說什麼。沒想到，馬朵來了一個突然襲擊。

「馬哥，我剛才還奇怪，明明是冬天，怎麼突然有春天的氣息，原來是你大駕光臨了。」

商深快步向前，握住馬朵的手，「天高雲淡，望斷南飛雁，南方的冬天，比北方溫暖嗎？」

「我從杭州來，為你帶來了杭州的氣息。不過說實話，我回杭州後，很懷念北京的冬天呀，哈哈。」馬朵大笑，「北京的冬天，坐在有暖氣的房間裡，擺一個銅炭火鍋，一邊涮鍋一邊談天說地，再來壺小酒，就是萬丈紅塵三杯酒了。」

「萬丈紅塵三杯酒是不錯，但是，千秋大業一壺茶，所以，還是喝茶好。」商深笑道：「上樓喝茶，樓上有好茶。」

「好。」馬朵轉身上樓而去。

王松一顆懸在半空的心，慢慢落了下來，中國ＩＴ業的風雲人物幾乎都到齊了，今天的成立儀式基本上算是圓滿成功。

然而讓他想不到的是，馬朵前腳才到，後腳向落就現身了。

作為網路三劍客、絡容的創始人向落，雖然在ＩＴ業內名氣不小，但他比張向西還要低調，很少接受媒體採訪，也很少在自己的網站上露面。即使是絡容被評為十佳網站的頒獎大會上，他上臺講話，也只講了不到三分話就下臺了。因而在外界眼中蒙上了一層神秘面紗。

現在向落居然出現在眼前，人群再一次沸騰了。

「向落，我愛你。」

「向落，向劍客！」

不少人朝前撲去，幸好歷江手疾眼快，擋住了眾人。

向落向眾人擺了擺手，低頭快走，來到商深面前，和商深握了握手，點點頭，沒有多作停留，便轉身上樓而去，只留給眾人一個快速閃過的背影。

越有個性反而越能激發眾人窺探的欲望，眾人想追過去，卻被員警攔住了，還有一個人繞過了警察，朝向落的背影追去。商深伸手攔住對方。

那是一個二十歲出頭的年輕人，稚氣未脫，他用力想要掙脫商深的胳膊：「放開我！我要和向落談談，我有一個非常不錯的創意，他肯定會採用。」

「現在不行，你留下聯繫方式，他會打電話給你。」

「你是誰？你說了不算！」年輕人不認識商深，斜了商深一眼，「我不認識你。」

「你不認識我就對了，因為我是無名小卒。」商深笑了，「我是商深，我保證替你把話帶給向落。」

「你保證？」

年輕人話一出口，忽然愣住了，「商……深？你是商大俠？電腦管理大師和螞蟻搬家的作者？一二三網站的創始人？你真的是商深？」

商深點點頭：「如假包換。」

「哇！」年輕人興奮得滿臉通紅，一把抓住商深的雙手，「向落是我的第二偶像，商大俠，你才是我的第一偶像。」

商深摸摸鼻子，憨厚地笑說：「我還從來沒有當過別人的偶像，第一次有點激動。」

年輕人也被商深的舉動逗樂了：「商大俠，能不能和我合個影？我太激動，太榮幸了。」

「好吧。」商深靦腆地答應了。

隨後，北京幾家新興互聯網公司的ＣＥＯ也相繼到來，將儀式推上了高潮。

眼見時間到了九點半，商深估計不會再有人來了，就準備撤退。

才一邁步，忽然一輛法拉利無比拉風地開進了停車場，速度飛快，帶動一股黑煙，空氣中瞬間瀰漫一股焦糊之氣。

法拉利一個甩尾動作，飄移了數米之後，準確地停入兩車之間的一個空位中。正當眾人要為法拉利漂亮的停車技巧叫好時，卻聽到「匡」的一聲，法拉利的車頭撞在前方的花池上。轟隆一聲後，花池塌了數米。

啊，不會吧，眾人驚得目瞪口呆。

法拉利車上下來一人，黑風衣黑墨鏡長頭髮，看也未看被撞壞的法拉利一眼，大步邁開，一陣風吹來，風聲獵獵，帶動黑色風衣的下擺，猶如電影明星出場的鏡頭一般。

眾人都被他拉風的出場和誇張的造型驚呆了，議論紛紛，不知道他到底何方神聖。

商深笑了，沒想到祖縱也來了。

本來他沒打算邀請祖縱，因為祖縱不是IT行業的人，崔涵薇卻讓他務必通知祖縱，她深知祖縱的為人，既然當商深是朋友，商深公司成立的大事如果不告訴他，他肯定會不請自來，而且來了後還會搗亂。商深只好應允了。

其實商深不想邀請祖縱的原因，也是因為他行事風格過於誇張，不符合ＩＴ行業低調的行事方式。果然！商深也被祖縱的出場方式嚇到了，這也太誇張了吧，直接就撞壞了花池，還好，沒撞壞旁邊的賓士就不錯了。

祖縱全然不理會眾人目瞪口呆的目光，徑直來到商深面前，一甩頭髮，上前打了商深一拳：

「行呀，商小子，終於混出名頭來了，薇薇眼光不錯，從那麼多窮小子中發現了你這個潛力股，有水準，有一套。」

商深也還了祖縱一拳：「怎麼了，不服是吧？告訴你祖縱，和我比，你肯定輸！」

祖縱臉色微微一變，以為商深得意忘形，要炫耀他的成功，不想商深說道：「薇薇不喜歡開車總是撞花池的人，太遜了，要撞也得撞旁邊的賓士啊。」

祖縱愣了一下才醒悟過來，敢情商深是在嘲笑他的車技，哈哈大笑：

「怎麼，你是覺得我不敢撞賓士是不是？其實剛才我本來是想撞賓士來的，可惜操作失誤，沒有控制住方向，結果撞到了花池上。」

商深大汗，賓士是張向西的座駕，如果被祖縱撞壞了，修車倒在其次，惹他不愉快就不好了。

「行了，不和你扯了，薇薇呢，她怎麼沒在？不對，薇薇沒在，你左邊一個美女，右邊還一個美女，你是想對薇薇始亂終棄是不是？告訴你商深，你既然讓薇薇愛上你，你就得對她負責一輩子。」

真是咄咄怪事，號稱祖一夜的祖縱居然也能說出負責的話，真是太陽打南方出來了，他左手一抱藍襪，右手一抱徐一莫：「她們都是妹妹，祖一夜，我才不會和你一樣，對喜歡的女孩始亂終棄呢。」

「別提了！」似乎觸及到了傷心事，祖縱一臉沮喪，「我縱橫花叢多年，一直認為自己是萬花叢中過、寸草不沾衣的無情浪子，一定不會中招，結果前段時間我喜歡上了一個女孩向薇，不料人家不喜歡我。我想盡一切辦法向她表白，最後她為了躲我卻出國了，唉，自古多情空餘恨，不知道還有沒有機會和她見面。……」

不會吧，從來不對女孩動心的祖一夜現在也為愛癡狂了？

商深笑了，一拍祖縱的肩膀：「常在河邊走，肯定會濕鞋，鞋濕了不要緊，換雙新鞋不就得了！」

「少來。」祖縱衝商深翻了個白眼，忽然想到了什麼，「你的公司還需不需要股東？我手裡有幾千萬沒項目投資，要不給你算了。」

資金多多益善，商深笑道：「沒問題，歡迎。不過我有一個前提條件，入我門來，生死莫怪，到時投資什麼項目，由董事會集體決定，你不能由著性子來。」

「明白。」祖縱似乎收了不少性子，嘆道：「錢交給你打理，我很放心。我打算過段時間去美國追尋我的真愛，追不到她，我就不回國了。」

商深無語，不過，世間的事都是有因必有果，留戀花叢久了，早晚會被花刺所傷，萬一哪朵花刺帶有情毒，一旦中毒，只有摘花才能解毒。

祖縱應該是最後一個貴賓了吧？商深又等了片刻，眼見到十點了，轉身正準備上樓時，聽到身後傳來汽車喇叭的聲音，回身一開，一輛計程車停在門口。

剛才出場的貴賓，要麼賓士要麼寶馬，最不濟也是奧迪，卻沒有一個是坐計程車來的。商深站住腳，不因對方沒有豪車而有所怠慢，下了臺階相迎。

眾人也注意到了計程車的出現，卻無人多看一眼，ＩＴ業的大老，哪一個不是身家上億，誰會坐計程車來啊？

從計程車下來的不是一個人，是兩個人，一個白白淨淨，戴金絲眼鏡，另一個濃眉大眼，臉龐方正。二人下車後，一眼看到商深，同時一笑，朝商深走去。

「誰呀這是？」

「不認識。不過不管認不認識，肯定不是什麼厲害人物，你看他們還搭計程車來，太寒酸了。」

「說得也是，這年頭，開輛日本車都不好意思跟人打招呼，更不用說連車都沒有了。」

「啊，戴眼鏡的好像是企鵝的馬化龍，旁邊的人不認識。」

有人認出了馬化龍。

「馬化龍的企鵝也算有一定的知名度，但和興潮、索狸、絡容和芝麻開門相比，還差了不少，他應該不夠資格參加今天的聚會。」

「有沒有資格你說了不算，」旁邊一個女孩被馬化龍迷住了，無比癡迷地望著馬化龍英俊的臉龐，「小馬哥真是帥呆了，如果他去演電影，肯定是

一線明星。」

「哼！我說不算，那誰說了算？」對方怒道。

「商深說了算。」女孩理所當然地說：「今天的聚會是商深的場子，他認為誰是ＩＴ業的風雲人物，誰就是。」

「商深說了也不算，市場說了才算。」

「就讓市場證明一切吧！」

「馬化龍旁邊的人是誰？」

「代俊偉。」

「代俊偉是誰？」

「搜尋引擎之父。」

「沒聽說過。」

「很快你就會聽說了。」

人群的議論並沒有傳到馬化龍和代俊偉的耳中，馬化龍和代俊偉並肩而行，來到商深的面前，二人都是一臉笑意。

如果說馬化龍會來，還不足以讓商深吃驚，代俊偉的出現，真的讓他驚喜萬分。

「馬哥。」商深先和馬化龍握了握手，「向西怎麼沒來？」

「此王向西怕見到彼張向西，到時有人一喊向西，他不知道是不是該應聲，哈哈，所以他不敢來。」

馬化龍開了個玩笑，「他忙著測試企鵝的更新，抽不出身。我在機場正好遇到俊偉，為了省錢，我們就搭一輛車過來了。」

代俊偉環視周圍，和商深用力握了握手：「恭喜你，商深。你已經成功在望，而我才剛剛開始，和你比，落後了許多。我感覺如果我再不回國，就要錯過中國互聯網的第一波浪潮了。」

商深驚問：「你這次回來，就不回去了？」

「是的，美國的事已經處理乾淨了，不回去了。」

代俊偉仰望著明淨高遠的天空，豪氣陡生，「從此我要開創一片藍天了，商深，有你的支持，我相信我的創業之路會平坦許多。」

「有了商深的支持，你的創業之路不是會平坦許多，而是會一馬平川。」馬化龍一拍代俊偉的肩膀，「中國互聯網缺少一個土生土長的優質搜尋引擎，就等你來開拓了。」

代俊偉握住了馬化龍的手：「我們一起共創中國互聯網的未來。」

商深笑道：「上次我還說，現在興潮、索狸、絡容，再加上芝麻開門、企鵝，是春秋五霸，等千度和盛大加入後，就是戰國七雄了。有人還不認可我的說法，馬哥，你說呢？」

「嗯，我覺得企鵝、芝麻開門和千度放到七雄裡面不太合適，企鵝、芝麻開門和千度應該獨立於其他互聯網公司之外，成為統率中國互聯網的第一方隊。」

「三國演義？」

代俊偉雖然知道馬化龍的提議對他來說有些過於遙遠了，但既然回國創業，他如果沒有做到行業第一的出發點，也對不起他孤注一擲的勇氣。

「三國演義不太好聽，不如叫……」商深想了想，眼前一亮，「三巨頭。」

第九章

大丈夫當如是

當畢京看到儀式的高潮時，商深站在臺上，左有崔涵薇，右有藍襪，
共同舉杯相慶之時，音樂響起，彩條紛飛，
無數精英朝商深舉杯致意，不禁油然而生一種敬佩和羨慕之意，
心中驀然響起一個聲音：「大丈夫當如是也！」

「三巨頭，三大帝國，好，就這麼說定了。」

馬化龍喜形於色，對未來信心更足了，「不過，我們也就私下說說就行了，傳出去，會被別人笑掉大牙的。現在我們別說當三巨頭了，除了馬朵的芝麻開門勉強可以和興潮、索狸、絡容相提並論之外，我的企鵝還有你的千度，都還是無名小站。」

「不急，不急，出道有早晚，術業有專攻，我們就是要上演一齣後發制人的大戲。」代俊偉豪氣沖天。

商深注視代俊偉意氣風發的臉龐以及馬化龍雄心勃勃的笑容，再想到已經初露崢嶸的馬朵，回想起從九七年開始湧現的互聯網浪潮，心中驀然升發出一股捨我其誰的豪邁。

滾滾長江東逝水，浪花淘盡英雄，無數風流人物還看今朝的機遇。商深有理由相信，隨著拓海九州的成立，隨著代俊偉的正式回歸，屬於他們的時代，此時才正要步入最高峰。

或許有人認為，他將公司賣出一點五億美元已經是莫大的成功了，其實他心中隱藏著從不向人透露的夢想何止眼下的小小成功，更宏偉的藍圖更廣闊的世界才徐徐拉開帷幕。互聯網時代所能創造的奇蹟和神話，幾億或幾十億美元，不過是冰山一角或小試牛刀。

當商深和眾人一起在樓上舉杯慶祝拓海九州的成立，並且期待千禧年新世紀的到來之時，葉十三和伊童正在拐角遇到愛的咖啡館裡，和范衛衛坐在一起，邊喝咖啡邊聊天。

「真要引進商深的資金？如果商深投資未來製造，商深就對未來製造擁有了發言權，再萬一商深步步滲透，最終控股了未來製造，那怎麼辦？」

葉十三不贊成畢京的提議，如果畢京在眼前的話，他會當面質問畢京到底是出於什麼目的想拉商深入局。

「畢京不過是那麼一說，商深也是隨口一回，商深的控股投資公司以後的主力方向應該還是互聯網，不會過多地關注製造業。」范衛衛淡淡地說，「在商深眼中，製造業是註定要沒落的行業，早晚會被互聯網公司統治，成為互聯網公司的附庸，所以我覺得他才不會真的投資未來製造。倒是畢京這麼說，似乎不是隨口一說而已，怕是他有什麼目的。」

「畢京能有什麼目的？」

葉十三最近心思不在葉十三和商深身上，商深拓海九州的成立儀式也向他發送邀請函，他沒有去，因為他實在沒有心情。工作上的事導致他一籌莫展。

他和資方的分歧越來越嚴重，甚至上升到了快撕破臉的地步。資方不肯讓步，他也不肯讓步，不是他不願意讓步，而是資方對中文上網網站的定位完全不符合中國的市場規律，根本是死路一條。

然而，要說服固執並且優越感十足的美國人並不容易，道理怎麼也講不通，葉十三深刻地體會到了受制於人的困境，再想到商深徹底放手的做法，再次深刻地感受到商深比他更高明更長遠的眼光。葉十三再一次對商深產生敬佩之心。

現在他走不了又做不了主，就如夾心餅乾一樣，實在難受。之前賣出一點二億美元的成就感早就蕩然無存了，只剩下無盡的悔恨。如果人生可以重新選擇，他說什麼也不會賣掉公司，哪怕是融資也好，一定要保留控股權。

焦頭爛額的葉十三和資方周旋已經耗盡了所有的精力，對於商深和畢京的動向，他不是沒有興趣關注，而是沒有時間打聽。

商深成立新公司的事，他當然知道，也清楚商深要走一條不經營實體的控股投資之路。

控股投資在國內是新興事物，在國外早已蔚然成風。許多著名的大型控股投資公司進入中國之後，不但參股了許多壟斷行業，比如銀行、石油和電力，還投資了多家民營企業，觸角滲透到各個行業。

有朝一日等商深的公司做大之後，也可以效仿國外的大型控股投資公司進入西方國家，參股他們的公司，通過經濟手段提升中國的影響力。

經濟手段是政治力量的補充，也是政治力量的先行。在當前很難再發生軍事戰爭的形勢下，經濟戰爭就是一個國家控制另外一個國家的主要手法。

想遠了，葉十三收回思路，揉了揉太陽穴，期待范衛衛的回答。

范衛衛端起咖啡，輕輕抿了一口：「畢京自從商深的公司賣出了一點五億美元的高價後，他就變了許多，似乎感覺永遠也追不上商深，對透過正常途徑打敗商深已經不抱希望了。」

「你的意思是，畢京為了打敗商深，會不擇手段？」伊童聽懂了范衛衛的意思，愣了愣，「就憑畢京的本事，他也對付不了商深。」

「他是對付不了，不過不是還有黃廣寬嗎？」葉十三比伊童更瞭解畢京，搖了搖頭，「我勸過畢京，不要和黃廣寬攪在一起，他表面上答應了，但我認為他背後肯定還和黃廣寬保持著密切的聯繫。黃廣寬很有煽動性，我怕畢京會被黃廣寬拉下水。上次商深被砍的事，雖然沒有明確證據指向黃廣寬，但誰不知道就是黃廣寬下的黑手？如果畢京真的一條路走到黑，非要和黃廣寬同流合污，遲早會被黃廣寬害死。」

「你得幫幫畢京，別讓他越陷越深。雖然我也恨商深，也希望商深一敗塗地，但像黃廣寬那樣非要害死商深是錯的。」伊童憂心忡忡。

「我會儘量勸他，希望他能分清是非，不要做出無法收拾的傻事。」葉十三看向范衛衛，「衛衛，你也勸勸畢京，他現在最聽你的話。」

范衛衛放下咖啡，目光憂鬱地望向了窗外，出了好一會兒神，才幽幽地說道：「每個人心中都隱藏著一隻兇猛的怪獸，只不過有的人有強大的自控力，可以讓怪獸始終蜷縮在內心深處，不會長大也不會發作；但有的人卻會放任內心的怪獸為所欲為，慢慢的，他就會被怪獸吞噬了。」

「你到底管不管畢京？」伊童沒聽出范衛衛的言外之意。

葉十三說：「衛衛的意思是說，既然怪獸是在自己的內心，那麼只有自己才可以制服怪獸，別人無能為力。」

「范衛衛，你太絕情了！」

伊童生氣了，她不是對畢京還有感情，而是覺得范衛衛太不近人情了。

「畢京是為了你才處處和商深作對，才會和黃廣寬同流合污，你卻擺出一副事不關己的清高樣，你不覺得自己太冷漠了嗎？」

「是嗎？」范衛衛笑了，而且是冷笑，「從一開始在德泉的時候，畢京指使黃漢和寧二想要對我圖謀不軌，到後來畢京想方設法接近我，甚至就連和我聯合投資未來製造，也是為了贏得我的好感，以前他種種的惡劣行徑，我大人大量既往不咎就已經不錯了，難道還要我為了拯救他非要嫁他不可？他喜歡我，和我有什麼關係？就好像我現在還喜歡商深但和商深已經無關一樣。自己做的事就要自己承受，不要讓別人來安慰你受傷的心，你不是三歲小孩子。」

伊童啞口無言，怔怔地看了范衛衛半天，才嘆息一聲說道：「如果有一天畢京走向不歸路，范衛衛，請你記住，也許你不是凶手，但在他可以回頭的時候你沒有伸出援手，你也是幫凶。」

「隨便你怎麼想。」范衛衛無所謂地說，「也隨便畢京怎麼想，都和我無關，我只希望有一天可以說服自己離開北京，離開中國，從此不再牽掛一些人和事，然後不再回頭。」

「衛衛，我覺得你大可不必這樣，中國未來發展的空間很大，你留在國內才會擁有更多的機會和更好的前景。」葉十三勸范衛衛，「也許你對互聯

網和製造業都不感興趣，沒關係，你完全可以效仿商深成立一家控股投資公司。商深的控股投資公司以投資互聯網公司為主，你的控股投資公司可以以投資實體公司為主，各行其是，各自為政，甚至你的控股公司還可以參股或是間接參股商深的控股投資公司，在機會合適的時候，你也許可以翻雲覆雨，收購商深的公司……」

范衛衛的眉頭漸漸舒展開來，眼中露出一絲喜悅的光芒，展現了欣慰的笑容。葉十三的話，說到了她的心裡。

自從全能管家賣出之後，她的互聯網公司就名存實亡了，失去了和商深較量的支點，她完全無心再繼續經營公司，本來就對互聯網不感興趣，又失去了可以正面狙擊商深的武器，公司再開下去還有什麼意義？她就賣掉了公司。

人不管做什麼事，都需要一個動力，哪怕動力的理由很可笑很幼稚，也必須要有。范衛衛和畢京、伊童聯合投資未來製造，也並非為了賺錢，出發點還是為了讓商深注意到她的存在，她認為她和畢京在一起合作創辦公司，肯定會讓商深心裡彆扭。

但在深圳事件後她才意識到，畢京和商深根本不是同一級別的對手，在商深眼中，畢京渺小得如同螞蟻，商深連踩畢京一腳的興趣都沒有。

到底做什麼事才能再和商深正面交手呢？未來製造影響不到了商深的佈局，儘管畢京想讓商深投資未來製造，但那只是一廂情願的天真想法，未來製造盤子太小，商深未必看在眼裡。

對了……范衛衛忽然想到另一種可能，為什麼要再成立一家控股投資公司，多麻煩，不如直接入股商深的控股投資公司，成為拓海九州的大股東，豈不更好？

范衛衛頓時心思通透，所有的煩惱一掃而光，站起來，喜笑顏開：「謝謝你十三，我想通了一件事，現在馬上去辦。再見！」

葉十三自從和范衛衛近距離接觸以來，范衛衛一直就是鬱鬱寡歡的樣子，第一次見她展顏一笑，如雪後初霽雨後初晴，美如彩虹，他一時看得癡了。怪不得商深和畢京都喜歡范衛衛，范衛衛雖然傲慢了些，但確實長得清麗脫俗，猶如墜落凡間的仙子。

只不過仙子一旦墜落凡間，就會沾染到人間的煙火氣息，不復仙子的出塵。

「畢京所託非人……」

目送范衛衛義無反顧地離去，伊童就知道在范衛衛的心目中，別說畢京了，就是她和葉十三也不過是陌路人。

「我現在才明白，原來范衛衛一直深愛著商深，從來沒有變過。」

「你這才知道？」葉十三呆呆地望著空洞的門口，「恨一個人，是因為愛無歸處。愛無歸處還是有愛，如果真的不再愛一個人，他是死是活都和我無關了，更何況他的事業？只要范衛衛始終想著要和商深一決勝負，她就永遠走不出她對商深愛恨交加的感情。」

「先不管范衛衛了，隨她去吧，也不管畢京了，管也管不了，說說眾合的下一步。」

雖然未來製造的前景還算不錯，伊童卻更在意葉十三目前的處境。

「再堅持半年，半年後，如果資方還堅持美式的管理方法，也不聽取我的建議，我就辭職。」葉十三經過一番痛苦的思索，終於有了最後決定，「我該接受公司已經不再屬於我們的事實了。」

「真後悔賣了公司，當初只融資不讓資方控股該有多好。」伊童無奈地說，「現在辛辛苦苦創立的公司成了別人的地盤，想想就讓人窩火。關鍵是，到手的錢還不多。十三，不如你和資方商量一下，讓他們再全部收購我們手中的股份算了，索性一了百了，完全跳出，隨便以後他們怎麼發展。」

「現在再拋售我們手中的股份時機不太合適，等過段時間再說。聽資方的意思，想讓眾合併入雅虎中國，然後雅虎中國再獨立上市。一旦上市，我們手中的股份會增值幾十倍不止。」

「商深不是說雅虎中國在中國不會成功嗎？」

「他說什麼就是什麼嗎？切，他又不是神。」葉十三對商深的判斷嗤之以鼻，「他還覺得千度可以成為戰國七雄之一呢，現在千度還沒有成立，以後能不能生存下去還不一定呢，更別說能不能成為七雄之一了。只不過是他和代俊偉關係不錯，就替代俊偉鼓吹罷了。商深對互聯網格局的看法，完全是一孔之見，是一葉障目不見森林，凡是和他關係好的，他都會看好對方的前景，比如企鵝，比如芝麻開門。我覺得企鵝只憑一個聊天軟體就想成為中國互聯網的一霸，簡直是癡人說夢。芝麻開門還有百分之一的可能成功，但和興潮、索狸、絡容這些門戶網站比起來，還是不可同日而語。」

「好吧，我相信你的判斷。」伊童坐到葉十三的身邊，抱住了葉十三的胳膊，「十三，我們什麼時候結婚呀？」

葉十三愣了愣，敷衍道：「急什麼，等解決了目前的難題後再說，你說呢？」

「我不想在崔涵薇結婚之後再結，我要搶在她的前面。」伊童將頭靠在葉十三的肩膀上，甜蜜地說道：「現在我們雖然不算是事業有成，但也算是立業了。」

伊童非要搶在崔涵薇結婚之前結婚，是什麼理由？葉十三不理解伊童的想法。

他現在還不想結婚，更不想和伊童結婚，就算娶不了崔涵薇，伊童也不符合他心目中完美妻子的標準，跟她結婚，總覺得欠缺一些什麼。不如再等等，也許他人生中真正的另一半還沒有出現。

中午吃飯的時候，伊童家裡有事回家了，葉十三想自己去吃飯，卻意外接到了畢京的電話。畢京想和他談一談。

葉十三就約了畢京在公司附近的餐廳見面。

「怎麼了？」

葉十三剛到飯店坐下，一抬頭，畢京就風風火火地趕到了。

坐下喝了一大口水，畢京一抹嘴巴，興沖沖地說道：「我剛從商深的拓海九州成立儀式上回來，見識了商深的氣魄和人脈。」

「羨慕啦？」一見畢京一臉興奮，葉十三呵呵一笑。

「是呀，是有幾分羨慕。」畢京還沉浸在回憶中，臉上充滿了嚮往之意。

范衛衛在見了商深一面之後就離開了，畢京和畢工一起上樓，參觀了商深新公司的佈置。各種氣派的傢俱自不用說，單是寬敞明亮的辦公區，以及租下整整一層樓的氣魄，就讓畢京和畢工驚嘆不已。

細節決定成敗，佈局彰顯實力，商深已然今非昔比。和可以擺到明面上的實力相比，無形的影響力才是最大的財富。

幾乎國內互聯網業界的所有精英都悉數到齊了，畢京雖然不是互聯網中的人，卻對每一個如雷貫耳的名字瞭若指掌，第一代天才程式師張向西，網路三劍客之一的王陽朝和向落，久負盛名的馬朵，以及新興的企鵝創始人兼CEO馬化龍等等，讓他眼花繚亂，連連驚呼。

當畢京看到儀式的高潮時，商深站在臺上，左有崔涵薇，右有藍襪，共同舉杯相慶之時，音樂響起，彩條紛飛，無數精英朝商深舉杯致意，不禁油然而生一種敬佩和羨慕之意，心中驀然響起一個聲音：「大丈夫當如是也！」

人生在世，所追求的不僅僅是金錢上的成功，還要贏得別人的認可和尊重。商深現在既財富加身，又有光環圍繞，是真正的人生贏家。

在那一刻，畢京下定決心，他以後要以商深為榜樣，成為一個贏家通吃的成功者。

聽了畢京轉述的商深新公司成立的盛景，葉十三也有幾分後悔沒有參加，他問畢京：「除了羨慕之外，還有什麼感悟？」

「十三，如果以我們現在的實力想追趕商深，估計這輩子都沒戲了，你有沒有想過另外一種可能？」畢京眼睛轉了幾轉，閃動貪婪的光芒。

葉十三太瞭解畢京了，畢京眼睛一轉，他就知道畢京又有急功近利的想法了，便道：「你想走捷徑？人生哪裡有那麼多捷徑可走。」

「不需要太多捷徑，只要找對一條，走對了，就一輩子沒有後顧之憂了。」

畢京環顧左右，見無人注意到他和葉十三的談話，小聲說道：「我和黃廣寬合作，其實不是為了害商深，只不過是投黃廣寬所好，讓他放鬆警惕而已。等時機成熟時，我可以直接端過來黃廣寬的盤子……」

葉十三倒吸一口涼氣：「你想侵吞黃廣寬的資產？虎口奪食不是好玩的

事，畢京，弄不好會被老虎吃掉的。」

「這是一個撐死膽大的、餓死膽小的時代，機會來了，你如果還沒有膽量放手去幹，當一輩子窮光蛋，別怪社會也別怪別人，只能怪自己太笨蛋。」

畢京嘿嘿一笑，聲音中突然多了幾分陰冷，「十三，你和伊童合作了那麼長時間，最後得到了什麼？不但大部分利潤都讓伊童拿走了，到現在她還當你是一個可以呼之即來揮之即去的跟班，從來沒當你是可以平起平坐的合作夥伴。」

葉十三不說話，目光沉靜，然而沉靜的面容中多了一絲意味深長的表情。

「你甘心一輩子籠罩在伊童的陰影之下？現在你的翅膀還沒有長硬，但比以前肯定強了不少，如果伊童夠聰明的話，會進一步加強對你的控制，控制手段會從以前的商業合作變成人生合作——結婚！結婚後，你就會成為伊家一輩子的賺錢工具，為伊家鞍前馬後，當牛做馬，還得時刻陪著小心，說不定什麼時候惹怒了伊家，就有可能被掃地出門。十三，你是堂堂正正的男子漢大丈夫，甘願一輩子被一個女人騎在頭上，對你呼來喝去？」

葉十三依然沉默，沉默之中，嘴角閃現微微的冷笑。

「我們是多年的哥們兒，從窮小子開始打拼，擁有現在的一切很不容易，但和黃廣寬、伊家比起來，我們這點兒身家又算得了什麼？好吧，不比黃廣寬和伊家，就是和商深比，也差了一個珠穆朗瑪峰的距離。十三，如果我們不走捷徑，我們不但會永遠被商深踩在腳下，還會被黃廣寬和伊童當成可以隨意擺佈的棋子！」

畢京說到激奮處，一拍桌子站了起來，「男兒何不帶吳鉤，收復關山五十州……王侯將相，寧有種乎？」

周圍人群都驚詫地看著畢京，以為遇到了瘋子或是過於投入的演員。

葉十三忙拉畢京坐下：「別激動，慢慢說。」

畢京努力平息起伏的心緒：

「十三，我反正已經打算要虎口奪食，對黃廣寬下手了，至於你是不是要侵吞伊童的資產，你自己決定。伊家就伊童一個女兒，你娶了她，如果你夠逆來順受，又比伊童活得更長的話，早晚也會繼承伊家全部的家產。但如果你想提前行使你的權利，現在就可以佈局，利用合法手段讓伊家龐大的財產都落入你的口袋之中，到時你就可以為所欲為了。不但商深會臣服在你腳下，就連伊童也不敢再對你大聲說話了。那時不管你是娶她還是不娶她，擁有足夠的實力之後，整個世界都是你的，還在乎她一個女人嗎？說不定你會連親近崔涵薇的機會都能爭取到。」

畢京頓了頓，感慨萬分地道：「我們親眼見識了商深當年在德泉的德性，窮困潦倒，一無所有，要有多委瑣就有多委瑣。結果，現在他搖身一變成了成功人士，高高在上，以前的種種，誰還會記得？這個世界就是成功者的世界，只要你成功了，說什麼都正確。成功的光環疊加在你身上之後，你就可以顛倒黑白，翻雲覆雨，誰還會去核實你過去的真假？所有人都是鼠目寸光的勢利眼，他們只看你的結果，不看你的過程。」

葉十三始終沉默，目光閃動，神情凝重，畢京的話如一支利箭，正中他的心臟，洞穿了他脆弱的內心，讓他努力保持的克制、矜持和堅持，轟然倒塌，碎成了一地雞毛。

只不過他不想在畢京面前真實地表露自己的內心，自從公司賣出之後，被商深不幸言中的他成了夾心餅乾，夾在中間左右為難而且無路可退，他就收斂了所有的鋒芒，一為養精蓄銳，二為伺機出擊。

現在他意識到賣掉公司是走錯了一步，是一著實實在在的臭棋，或者說，他贏得了名聲輸掉了事業。商深和他就不一樣了，商深全身而退，而且再次成功創業，走上了人生的快車道，他卻還在原地踏步，不，是原地退了一步，他的人生面臨著一個關鍵的轉捩點，如果下一步再走錯的話，他或許再也無法重新站起了。

也就是說，他承受不起再一次的失敗了。所以，他的下一步必須謀定而後動，只許勝不許敗。

「怎麼樣？」畢京見葉十三目光閃爍，卻不表態，心中微有焦慮，「你倒是說句話呀。」

「吃好了嗎？」葉十三站了起來，掏錢買單，「公司還有一堆事需要處理。」

畢京愣了愣，葉十三是什麼意思？想了一會兒，笑了：「剛才的話，當我沒說過。」

「我也沒聽到過。」葉十三和畢京一起來到外面。

「有時間約商深好好談一談，我、你、他，就我們三個人。」葉十三抬頭看了看天空，「就去昆明湖，坐在船上，肯定有意境。」

「談什麼？」

「談天，談地，談友情。」葉十三神秘地笑了。

第十章

相逢一笑泯恩仇

「衛衛和商深都相逢一笑泯恩仇了，十三，
你和商深也可以握手言和了吧？」畢京舉起一杯茶，
「來，千秋大業一壺茶，以茶代酒，祝願我們兄弟相親，
事業有成，攜手同行，大展宏圖。」四人的茶杯碰在一起，清脆作響。

半個月後，一場大雪不期而至，為即將到來的二〇〇〇年的元旦增加了喜慶之氣。

拓海九州步入正軌，各部門人員全部就位，開始了有序的運轉。擔任董事長兼總經理的商深，不但要管理各方面的事務，還要處理公司參股的幾家公司的合作關係。到目前為止，以商深個人名義參股的公司，已經達到將近十家之多。

商深將他個人名義參股的公司股份，全數經過折算，併入到公司內，以公司的名義監管更符合程序。相對的，他在公司的持股比例再次上升，達到了絕對控股權。

控股投資公司以交叉參股的形式來影響多家公司，從而達到盈利和影響力最大化的目的。

理順了參股的關係之後，公司成立以來第一個正式投資的項目也敲定了——代俊偉的千度。

代俊偉從美國回國時，帶來了一百二十萬美元的創業資金。本來這筆錢基本夠用了，但為了公司更快的發展以及更迅速地佔領市場，他決定向商深融資，以便起點更高。

商深自然不會拒絕，很快和代俊偉簽署了合作協議。

除了商深直接注資之外，再加上之前他替代俊偉前期運作所付出的努力，總共折合了一定比例的股份，以拓海九州的名義參股。

代俊偉一百二十萬美元創業資金的背後，還有一個很有意思的故事。

代俊偉在美國還有一個合夥人叫許敢，和代俊偉的內向沉穩相比，許敢熱情洋溢並且人脈眾多，代俊偉的夫人馬西捷認為性格互補的兩個人一起創業，才更有成功的把握。

在馬西捷的促成下，代俊偉和許敢聯手了。

許敢不負重託，成功地幫代俊偉接洽了矽谷和三藩市灣區最著名的投資人——半島基金的BobKing見面。BobKing不太放心，又找來另外一家投資機構Integrity Partnes，一起考察代俊偉。

見面之後，兩方的投資人一起拷問代俊偉：

「在搜尋引擎技術方面，誰在世界上排名前三？」

代俊偉列出了包括威廉•張在內的三個人，William I. Chang是代俊偉在Infoseek的上司。出於謙虛，他並沒有將自己排在前三。

接下來，當其他投資人繼續與代俊偉閒聊時，一個人悄悄離席，不久，

他回來後，一臉笑意直呼代俊偉的英文名：「Robin，我剛才電話問了一下你提到的William I. Chang，他說，世界搜尋引擎技術前三名，一定有你，甚至你可以排到第一名！」

此話一出，語驚四座，誰都沒有想到眼前低調的代俊偉會是搜尋引擎技術的最頂尖高手。

代俊偉本來想能融資一百萬美元就算不小的成功了，不成想半島基金和Integrity Partners十分看好他的能力，每家都投了六十萬美元，共計一百二十萬美元，占千度百分之廿五股份。

由於前期工作已經準備就緒，就等代俊偉回來了，代俊偉回國後不久就成立了千度公司，千度網站也在緊鑼密鼓地程式設計之中，準備在二〇〇〇年一月正式推出。

在簽署了正式合作協議之後，商深約代俊偉來到後海，在一家偏僻安靜的咖啡館談天說地。說起來商深和代俊偉還真沒有過一次深談。

冬天的後海稍有幾分荒涼，再加上是白天，人流稀少。商深和代俊偉所選的咖啡館又遠離繁華地段，就更加靜謐了。整個咖啡館就他和代俊偉二人，如果再加上店主夫妻的話，一共是四人。

對了，還有一隻花貓。

在二樓狹小的閣樓裡，只能放下兩張沙發，商深和代俊偉相對而坐，要了一些小點心和兩杯咖啡。一隻貓蜷縮在腳下，瞇著眼睛享受冬日慵懶的時光。

商深輕輕撫摸了一下花貓的毛，笑道：「代哥，從中國到美國，再從美國回到中國，你的人生畫了一個漂亮的弧線，有什麼感想沒有？」

代俊偉斜靠在沙發上，一隻手托腮，另一隻手輕輕敲擊沙發的扶手：「我剛到美國的時候，英語不太好，更關鍵的是，我轉了科系。我在北大學的是情報學，在美國轉成了電腦專業。當時我看上了一個教授的圖形學項目，就申請進入他的實驗室，他問了我一些問題，有些問題我沒太聽懂，有些問題我確實不知道，所以回答得不好。他最後問了我一個問題，讓我很受傷。」

陽光斜照在代俊偉的臉上，讓他方正的臉龐更多了幾分英氣。

商深沒有說話，他知道代俊偉肯定有許多話要說，在美國的經歷，對每一個中國人來說，都會別有一番滋味。尤其是在中國還沒有足夠強大的時候。

「問我什麼呢？他問：中國有電腦嗎？我當時聽了很受傷，因為我自己問題回答得不好，讓美國的教授都開始懷疑中國有沒有電腦。一方面是美國人對中國固有的誤解，認為中國很貧困落後，另一方面，也是我個人對電腦不太熟悉的原故。如果我英文很流利，電腦很熟悉，美國教授也不會認為中國貧困落後到連一台電腦也買不起的地步。正是因為這件事讓我覺得，如果有機會，有一天我一定要在電腦領域做出一番成績，讓美國和全世界刮目相看！」

「這件事後來變成了我的理想——用自己的技術去改變世界，這個理想應該說到現在還沒有完成。但是我每過一天都在逐步地接近理想，到千度成立的今天，我覺得我終於來到了理想的大門前。但我不知道打開大門後，門裡面還有多廣闊的天地。有人說，因為我太太拔了園子裡的菜我才驚醒，才萌生回國創業的想法，其實不是，追根溯源，是那個美國教授的一句話讓我已經埋下了回國創業的種子。」

代俊偉見商深聽得入神，笑問：「會不會太枯燥了？」

商深搖頭：「沒有，津津有味。」

「呵呵。」代俊偉笑了笑，「我還從來沒有那麼詳細地向一個人講起我的心路歷程，你是第一個。」

「在八〇年代中期，電腦在中國已經是相當熱門的領域了，但為什麼在整個八九十年代，中國沒有出現特別成功的軟體公司？一方面跟我們當時對於軟體產業的認識有一定關係，比如在大眾的心目中，覺得什麼是做軟體，什麼是優秀的程式師？就是一個宅男把自己關在屋子裡不停抽菸、編寫程式，然後經過一年半載的時間編出一個別人做不出來的東西就叫成功了？其實，軟體產業不是這樣子的，電腦行業也不是這樣子的，整個ＩＴ業是需要多人共同合作的一個產業鏈行業。」

商深十分認同代俊偉的說法，一直以來，中國的工程師都喜歡單打獨鬥，在八〇年中期，是天才程式師的個人英雄時代，一個人就可以成就一個傳奇。可惜的是，個人的力量畢竟有限，個人傳奇也不會持續太久，所以ＷＰＳ後來被微軟的OFFICE打敗，原因就在於ＷＰＳ是一個人的ＷＰＳ，而OFFICE是無數人的OFFICE。個人再聰明再是天才，也比不過一群人的智慧。

代俊偉喝了口咖啡，目光落在花貓的身上，笑道：「如果這隻貓是ＩＴ業的一個記者，我們的談話被牠偷聽了去，牠記錄下來，在若干年後，會不會成為非常寶貴的資料？」

「百分之百會。」商深十分肯定地附和代俊偉的猜測，哈哈一笑，「若干年後，千度成為中國最大的搜尋引擎時，我們今天的談話，就是可以載入歷史的一次重大事件。歷史只有成為歷史之後才意義重大，在當時，誰也意識不到現在的一個決定、一次談話會產生什麼深遠的影響。」

「呵呵……」

代俊偉以前受范衛衛的影響，不喜歡商深，現在接觸久了他才發現，商深遠比他想像中更有內涵也更有品味，相比之下，范衛衛卻膚淺許多。

「對了，聽說范衛衛也想入股拓海九州，你怎麼想？」

拓海九州成立的當天，范衛衛現身一下，又告辭而去。但讓商深沒有想到的是，下午，范衛衛又來到公司，當著他和崔涵薇、藍襪、徐一莫的面，鄭重其事地提出要入股拓海九州。

商深還沒有表態，徐一莫當即就拒絕了范衛衛。

作為股東之一，她雖然持股比例很小，但也有發言權。她的理由簡單直接：「對不起范總，拓海目前不缺資金，我不同意你的入股申請。」

藍襪遲疑了一下，也投下反對票：「在拓海剛成立之初，資金充足並且董事會、管理層完全到位的前提下，如果接受范總的投資，勢必要重新選舉董事會甚至要重組公司，對現在已經步入正軌的拓海來說，沒有必要。」

拓海九州董事會一共五人，除了王松缺席之外，四人中就剩下崔涵薇和商深沒有明確表態了。崔涵薇是第二大股東，她不但在公司的發言權分量很重，而且她對商深的決定影響也最大。

崔涵薇並沒有急於反對，而是房間中走了幾步，然後回身一笑：「好呀，我不反對范總加盟拓海，不知道范總想要投資多少？」

徐一莫吃了一驚，不明白崔涵薇為什麼同意范衛衛進入拓海，這根本是引狼入室嘛。

范衛衛進來後，不但會分散權力，擁有一定的投票權，而且還會和商深因為工作上的關係頻繁接觸，說不定兩人會舊情復燃，進而影響到崔涵薇的地位。

藍襪也不明白崔涵薇為什麼要同意范衛衛入股，但稍微一想就明白了，是引狼入室還是請君入甕，全在智慧的高下。儘管范衛衛的加入真的有可能會對崔涵薇造成一定的威脅，但從另一個角度來想，將范衛衛放在身邊，敵人的一舉一動都在眼前，反倒更安全。

范衛衛一攏頭髮，直視商深的雙眼：「涵薇都同意了，商深，你怎麼樣？對了涵薇，我初步打算投入一千萬人民幣，不知道能持股多少？」

商深不但是董事長，也是最大股東，擁有一票否決權，他說行就行，不行就不行，范衛衛是走是留，全在他一念之間。

「最後你答應范衛衛留下了？」代俊偉很關心結果。

商深搖搖頭。

「沒答應？」

商深再次搖頭：「沒做決定，要考慮考慮。」

「呵呵，是摸不透范衛衛的真實想法，還是猜不準崔涵薇的真正意圖？」代俊偉含蓄地說：「一個是舊愛，一個是新歡，在舊愛新歡之間，男人總是難下決斷。」

「代哥，要是你，你會怎麼做？」

商深其實糾結的不是感情問題，而是公司未來的長遠發展，他相信范衛衛也有一定的管理才能和投資眼光，但畢竟范衛衛曾經聯合葉十三團剿過他，讓她進來，徐一莫不高興，藍襪也不會舒服。

「我沒遇過這種事，我也不知道該怎麼辦，我還是繼續說我的故事吧。」

代俊偉滑頭地避開了商深丟過來的問題，打起了乒乓球。

「在上個世紀的中國，軟體產業也好、ＩＴ產業也好，市場太小。如果沒有足夠大的市場，東西再好也無法持續發展，因為每一個技術都在不斷變化，需要不停投入，投入就需要錢，市場小就掙不到錢。而跨國公司比如英特爾等等，在市場上賺了很多錢，可以不斷地投入，去更新自己的技術。中國市場太小，再優秀的人、再崇高的理想也無法在一個小池子裡做得非常大、非常成功。池子淺，就沒有施展的空間。」

商深無奈地笑了笑，代俊偉引出了范衛衛的話題，卻又不提出解決方法，真夠要賴的。

「但是現在情況已經大不相同了，中國的互聯網有了興潮、索狸和絡容三座大山，再加上企鵝和芝麻開門，形成了春秋五霸的格局，這說明了什麼？說明中國互聯網已經具備容納更多公司的規模了，不可或缺的一個原因就是，中國有人口的優勢，人多，就可以創造夠大的市場。現在中國的網民人數不到一千萬，未來，中國的網民人數會超過五億多，是全球第一大的互聯網市場，並且我們這個地位會一直保持下去，美國恐怕永遠沒有機會在網民數量上超越中國。」

商深點頭，人口優勢在互聯網時代就是最大的優勢，所以在中國才會出現令人恐怖的網民數量的激增，原因就在於人數的龐大。而隨著人民生活水準的提高，電腦也會越來越進入千家萬戶，硬體上的銷售，在中國也是一個驚人的市場。

「中國成為全球最大的互聯網市場，只不過是時間問題。」代俊偉一口喝光杯中最後一滴咖啡，「我對中國互聯網的未來充滿了信心，同時，也對千度的未來信心十足。中國互聯網會成長為一片浩瀚的海洋，可以承載數十上百家大型互聯網公司，也可以成就幾萬幾十萬人的財富神話。」

「千度的人才理念是，招最優秀的人、給最大的空間、看最後的結果、讓優秀的人脫穎而出。當人足夠多的時候，一定要讓優秀的人和不優秀的人，努力的人和不努力的人，有激情的人和沒有激情的人區別開來，只有公司有這樣的文化和環境，才能真正讓那些有能力、有貢獻的人有施展的機會，所以，成立之後的千度，會推行一種嚴格選拔人才的制度……」

商深和代俊偉聊了很久，從中午一直聊到下午，又從下午聊到晚上，足足聊了一天還意猶未盡。

最後分手的時候，代俊偉伸著懶腰說：「也許這是我最奢侈的一次聊天了，等千度上線後，估計就沒有可以揮霍的時間了。謝謝你商深，讓我度過了非常有意義的一天。」

商深笑道：「我也要謝謝代哥，讓我知道了你以前許多不為人所知的事，等以後你名滿天下，一舉一動都呼風喚雨時，誰再想聽你吐露心扉，就沒有可能了。」

「哈哈，如果真有我呼風喚雨的一天，不管我站得多高，擁有怎樣的成功，在我眼中，你永遠是我最信賴的朋友。」代俊偉握住了商深的手，「謝謝你，商深，能夠和你認識，是我的榮幸。」

二〇〇〇年的元旦，終於在紛揚的大雪中來臨了，歷史掀開全新的一頁，進入了新的世紀。

商深並沒有加入狂歡的行列之中，他本來跟崔涵薇約好要到崔家作客，不料忽然接到葉十三的電話，邀他到昆明湖一聚。

葉十三最近的處境越來越不妙，外界已經有不少傳聞，說是葉十三因和資方不和，即將離職，由此還引發了一場討論——為什麼中方的管理層和美方的資方總是有發展方向上的分歧，是美方來到中國之後水土不服，還是中方接受不了西方先進的管理方法？

當然，討論也不會有什麼結果，網路上什麼聲音都有。經過幾年的普及，此時互聯網上網人數已經突破了千萬。人一多，問題就多。初期的網民還保持了客氣禮貌的態度，但漸漸的，網上的風氣變了，謾罵、人身攻擊、各種造謠就多了起來，比起一開始時的溫馨和諧，可謂每況愈下。

「我陪你去。」

崔涵薇不放心商深單獨赴約，主要也是她不想和商深分開，新世紀的第一天，意義非凡，她要陪最愛的人一起度過。

兩人原本說好要在元旦結婚，可是新公司的成立，讓兩人忙得顧不上談婚論嫁，只好延後。

「我也要去。」徐一莫左右無事，也想湊湊熱鬧，「說好今晚要聚餐的，又讓葉十三攪局了，真煩，商哥哥，咱能不能以後不理他了？」

「我也想去……」藍襪小聲地說，也想跟。

「好吧，大家都去。」商深只好妥協，「我們集體出動，晚上再聚餐。對了，記得叫上歷隊、歷江和文盛西……」

「代俊偉呢？」徐一莫嫣然一笑，「你現在在北京又多了一個朋友。」

「不叫，他元旦沒空。」

代俊偉元旦期間要回美國一趟，商深接到代俊偉的電話。千度上線在即，代俊偉馬不停蹄地穿梭在美國和中國兩地，因為家人還在美國，他只能來回奔波。

一行人浩浩蕩蕩開了兩輛車直奔頤和園而去，走到半路，商深又接到了范衛衛的電話。

正在開車的商深沒看是誰來電，直接讓崔涵薇替他接電話。

崔涵薇見來電是范衛衛，故意說：「是衛衛電話，你接吧，我接不太方便。」

商深忙正色說：「你是怕范衛衛會說什麼甜言蜜語？你現在是勝利者，還怕一個失敗者的手段？要拿出應有的姿態，大方大度才能顯出你的風範。」

「哎喲，商哥哥真會誇人。」徐一莫驚呼，「我都不敢相信剛才的話是出自商哥哥之口，來，也誇誇我吧，讓我開心開心。」

「一莫，別搗亂。」商深回頭瞪了徐一莫一眼。

徐一莫吐了吐舌頭，做了個鬼臉：「小氣。」

崔涵薇被商深的話逗樂了，邊笑邊接聽了電話：「衛衛，找商深什麼事？他在開車，不方便接電話。」

「薇薇，我想知道上次的事，商深考慮得怎麼樣了，他一直沒有回話。本來我想回深圳過元旦，但不巧沒有買到機票，就留在了北京。現在一個人，很想找人說說話……咳咳！」

范衛衛話沒說完，忽然一陣猛烈的咳嗽。

「你不舒服，衛衛？」同情心大盛的崔涵薇一顆心提了起來，「感冒了還是怎麼了？」

「沒事，有點著涼，可能晚上睡覺踢被子凍著了。」

想起范衛衛一個人在北京獨在異鄉為異客的淒涼，從小嬌生慣養的她怎麼忍受得了這份孤獨和寂寞，崔涵薇心一軟：「要不你過來和我們一起吧，我們要去頤和園。」

「方……便嗎？」范衛衛遲疑地問了一聲。

「方便。」

崔涵薇被范衛衛柔弱的聲音攻陷，對她再也沒有了提防之心，也沒有徵求商深的意見就自作主張，「你直接到頤和園的門口等我們，我們大約半個小時後到。」

「好的。」范衛衛又咳嗽了一聲，掛斷了電話。

「薇薇！」徐一莫十分不滿，「你怎麼又邀請了范衛衛？我們的聚會她加入算什麼？你太心軟了，不要被她的表演蒙蔽了。」

商深不說話，目光直視前方，他不知道該怎麼形容此刻的心情。剛才范衛衛的咳嗽聲傳入耳中，說無動於衷那是騙人，畢竟相愛過一場。

「不要說了，我不忍心看范衛衛一個人淒涼地過節，讓她加入我們，也算是對她當年在深圳對我們厚待的回報。」

崔涵薇不想再爭論下去，或許徐一莫對范衛衛的看法和她不同，但她就是無法對范衛衛狠心。雖然她也清楚並非是她插足了商深和范衛衛的愛情，但正如商深所說，作為勝利者，她應該表現出應有的大度。

「好吧，我不說了。」徐一莫搖搖頭，看向藍襪，「藍姐姐，如果是你，你會怎麼做？」

「問題是……涵薇是涵薇，她不是我。」藍襪巧妙地繞過了徐一莫的問題，一抱徐一莫的胳膊，「別操心別人的事了，還是多想想自己才是正經。」

「我？」徐一莫不明白藍襪的意思，「我很好，沒有亂七八糟的事，不用想。」

「是嗎？」藍襪意味深長地笑了笑，一刮徐一莫的鼻子，「你也不小

了，該有男朋友了。」

「怎麼不說你自己？」徐一莫狡黠地回道。

「我是獨身主義者，會一直一個人。」

「好吧，算你狠。」徐一莫嘻嘻一笑，「其實不瞞你們說，我已經有男朋友了，就是沒有公佈而已。」

「啊！」崔涵薇和商深齊齊吃驚，「誰？」

「說起來你們也都認識，他是一個名人，比馬朵、馬化龍名氣都大。」徐一莫一臉嚮往和甜蜜，抱著靠枕，陶醉在幸福之中。

「到底是誰，快說。」藍襪擰徐一莫的胳膊。

徐一莫笑著躲閃：「劉德華。」

「切……」車內響起一片喝倒彩的聲音。

車到頤和園門口，才停穩，范衛衛就出現了。

裹了一身厚厚冬裝的范衛衛，像個毛熊，穿著紫色羽絨大衣的她，頭上還戴了一頂白絨帽子，既可愛又好玩，為灰色的冬天增添了許多生機。

只不過她的臉色不太好，微有蠟黃，雙眼無神，一副病懨懨的樣子。商深心中為之一動，憐惜之意油然而生。

自從認識范衛衛以來，她在他面前從來都是堅強的形象，要麼鎮靜自若，要麼傲氣凌人，他還從來沒有見過范衛衛有過柔弱的時候。此時的她，弱不禁風，搖搖欲墜，彷彿隨時都會倒地不起。

「咳咳……」范衛衛又咳嗽幾聲，有氣無力地說道：「本來不想來的，一想既然答應了你們，不來的話就食言了，就勉強過來了。你們玩吧，我就不當拖油瓶了。」

話一說完，轉身就走。

商深伸手拉住范衛衛的胳膊：「衛衛，怎麼沒去醫院？要緊嗎？」

「不要緊，沒大事，就是受了點風寒，吃點感冒藥就好了。」范衛衛努力一笑，不想讓商深看出她虛弱的一面。

雖然她知道適當地流露出軟弱會激發男人的保護欲，但她不願意博取商深的同情，讓商深因為憐憫她而對她不再冷漠。

崔涵薇和范衛衛從小生活的環境差不多，同是富貴家庭出身，同樣驕傲，她看出了范衛衛努力維持的堅強，心中微微一嘆。如果范衛衛真的想從她身邊搶走商深，根本不需要從商業方面入手，只需要「病」上一段時間，再非要商深過去照顧她就行了。

徐一莫哼了一聲，小聲說道：「裝可憐誰不會，真有一套，為了博取同情，不惜故意凍病。」

「不要說了。」藍襪一拉徐一莫，「衛衛是真病了，你不要這樣看她，她還不至於為了博取同情而糟蹋自己。你不瞭解她的驕傲。」

到了昆明湖，葉十三一行已經到了。

雪後的昆明湖，結了厚厚的一層冰，不少人在雪上滑冰，倒也別有情調。不少遊船被凍在了湖邊，在大雪的覆蓋下，寂靜無聲。

葉十三不是一個人，他身邊還有伊童、畢京和杜子清，沒錯，杜子清也來了。

杜子清從索狸辭職後，一直在葉十三的公司負責行政工作。公司賣出後，她不但留了下來，還小升一步，成了行政總監。

杜子清依然清麗如杜鵑，穿一身粉色羽絨衣的她，亭亭玉立，緊身的牛仔褲襯托出修長的身材。

「商深，你來了。」杜子清飛奔過來，小臉凍得通紅，「好久不見，你還好嗎？」

「還好。」商深溫和地一笑，「你還好吧？你姐一切還好吧？」

「都好，都好。」杜子清甜甜地一笑，又依次和崔涵薇、藍襪、徐一莫打了招呼，最後目光才落到范衛衛身上，頓時愣住了，「衛衛，你、你怎麼和商深一起來了？」

以前杜子清沒少見范衛衛和葉十三、畢京等人在一起，今天沒見到葉十三、畢京身邊有范衛衛，她還以為范衛衛不會來了，沒想到范衛衛卻和商深幾人一起出現了。

畢京在一邊站著，不說話，目光閃爍不定，流露出複雜的眼神。不過當他的視線落在葉十三的臉上，和葉十三有過短暫的目光交流之後，又恢復了平靜和淡然。

幾人寒暄過後，徐一莫說要去溜冰，崔涵薇和藍襪、杜子清、伊童附議加入，商深本來也想去，卻被葉十三叫住了。

「今天是新世紀的第一天，我們好好聊聊，就讓她們去玩好了。」葉十三用手一指不遠處的一條遊船，「走，船上聊。」

冬天，又餘雪未消，冰天雪地，遊船早已停運。葉十三不知道怎麼說服了管理者，打開了一艘樣式古樸的遊船，還借來了火爐和茶壺。

商深、葉十三、畢京和范衛衛四人兩兩相對，坐在空間狹小的船艙中，圍著火爐，聽火爐燒水的吱吱聲。外面雖然人流如織，都在玩雪滑冰，但由於遊船地處偏僻的角落，似乎遠離了塵囂，遺世而獨立於冰天雪地之中，感受眾人皆醉我獨醒的寂寥。

葉十三和畢京並排而坐，俯身打開火爐的風道，呵呵一笑：

「商深，小時候我們經常圍在火爐旁邊聽爺爺奶奶講故事。有時候火爐上燒著水，有時候烤著花生或是紅薯。我還記得，爺爺烤的花生最好吃，又香又脆。奶奶烤的紅薯最甜，外焦裡嫩。現在他們兩位老人家都不在了，有時想想，忙來忙去，還真不如以前坐在火爐旁邊談天說地，喝壺茶更愜意。」

「萬丈紅塵三杯酒，千秋大業一壺茶……」商深也被帶動思維，回到從前，回到了無憂無慮的童年。「古今多少事，都付笑談中。雖說人生終將是一場空，但畢竟來人世一場，就要盡自己所能為國家為社會造福，讓自己活得更有價值更有意義，才不枉此生。」

「說得也是。」葉十三微微感慨，目光望向窗外，透過雕花的窗櫺，外面銀裝素裹，被大雪覆蓋的世界，潔白剔透，然而一旦冰雪融化，世界就露出了本來的面目。

「小時候，總是盼望著長大，以為長大了就可以不用再被父母呵斥，不被老師管。長大後才知道，為了生存，為了事業，沒人再呵斥你管你，卻比有人監督的時候還要更努力才行，因為不努力，你就永遠無法成功。」

在葉十三的感慨中，畢京一言不發，彷彿神遊物外。范衛衛神情萎靡，快要睜不開眼了，身子半靠在商深身邊，如果不是出於矜持，說不定就靠在商深的肩膀上了。只有商深在認真地聽葉十三的人生感悟，他清楚，葉十三不只是有感而發，肯定是在引出後面的話題。

「有許多事，在開始的時候，總堅定地認為一定是正確的，做了之後才發現是錯路。但有些錯路，明明知道錯了，卻沒有辦法再回頭，因為人生是一條單行道，不能從頭再來。」

水燒好了，葉十三泡了壺茶，先給商深倒了一杯，「我自帶的大紅袍，還不錯，嘗嘗。」

商深品了一口，茶香四溢，回味悠長，點頭讚道：「好茶。」

「商深，如果你有重新選擇的機會，你會不會還選范衛衛？」葉十三話鋒陡然一轉。

范衛衛頭重腳輕，十分難受，葉十三此話一出，頓時清醒了幾分，抗議道：「不要拿我說事。」

話雖這麼說，心裡卻希望商深可以如實回答。

商深微一沉吟：「如果真有可以重新選擇的機會，我不會去德泉報到，直接就去深圳了。」

「為什麼？」

「不生此念，即不遇此人。不遇此人，則不生此情。不生此情，就不悔終生。」商深心底突起一聲悠長的嘆息，「不去德泉，就不會遇到衛衛。不遇到衛衛，她就不會認識我。不認識我，就沒有此後的種種愛恨糾纏……」

范衛衛怔了一怔，隨後淚如雨下，她再也無法矜持，抱住了商深的胳膊，失聲痛哭：「商深，我恨你……」

世界上沒有無緣無故的恨，所有的恨，都源自於愛。愛恨本是兩面一體，就和生死一樣密不可分。在經過無數次爭鬥和較量之後，范衛衛在身體病痛情緒低落時，忽然聽到商深飽含深情的一番告白，她所有的委屈和不甘，所有的怨念和仇恨，都化成了傾盆淚，盡情揮灑在此時此刻。

畢京低下頭，心中一片空白，只有一個念頭盤旋不定——不管他怎麼努力，都代替不了商深在范衛衛心中的位置。為什麼第一個走進范衛衛心裡的人不是他，偏偏是商深？

人生沒有那麼多為什麼，只有太多的無奈。

商深先是被范衛衛的羸弱觸動了內心的柔弱，又被葉十三的感慨引發了往事和回憶，他本來就是一個柔情男人，只不過輕易不會表露真情實感罷了。只是此情此景讓他無法再保持沉穩，感情的閘門一打開，情感就如奔流的河水洶湧澎湃。

商深緊緊抱住范衛衛的肩膀，強忍不讓淚水滑落，他輕聲安慰范衛衛：

「衛衛，不哭。」

范衛衛卻哭得更肆意汪洋了，多少個夜晚，她在回憶中度過。越回憶越痛苦，越痛苦越折磨，一切的根源都是商深對她的拋棄，是商深的無情無義。她用傲然和咄咄逼人來掩飾自己的悲傷，似乎對別人越強勢，就越能減弱自己的痛苦，越能忘掉商深對她的傷害。

她太累了，沒有人知道她內心的苦楚。

「對不起，衛衛，過去的一切，都是我的錯。」

商深也終於明白，在感情的世界裡，他不需要和范衛衛講道理，講道

理永遠講不通，因為范衛衛只要一個理由就可以打敗他的所有道理——你欠我的！

是的，他確實欠她的，范衛衛手中還有他的欠條，而且他還欠范衛衛的錢沒有還清。錢可以還清，情債卻永遠無法還清。

葉十三也低下了頭，他為商深和范衛衛幾年的感情糾葛終於可以正面面對而感到欣慰。

范衛衛不說話，撲進了商深的懷中，任由淚水放縱地奔流。

不知何時外面又下起了雪，先是小米大小的雪粒，不多時就變成了大片大片的雪花。天地之間白茫茫一片，滑冰的人都不見了，只有一望無際的冰天雪地。彷彿天地之間只剩下一葉孤舟，頗有一種千山鳥飛絕，萬徑人蹤滅的滄桑感。

哭了不知多久，范衛衛止住了哭泣，她幽幽的聲音彷彿來自天邊：

「記得你最喜歡的一首詩是——千山鳥飛絕，萬徑人蹤滅。孤舟蓑笠翁，獨釣寒江雪……現在就有獨釣寒江雪的意境。」

商深沒想到范衛衛還記得他隨口說過的話，當時他還說，希望有一天他可以帶范衛衛到一座人跡罕至的大山之中，在下雪的時候，弄一葉孤舟，在江上垂釣。誓言還在耳邊，他和范衛衛卻已經各奔前程了。

「今天，算是你兌現你當年要帶我獨釣寒江雪的諾言。」范衛衛臉上淚痕未乾，卻展顏一笑，拿出了一張紙條，「你當年寫的欠條，我本想一直保存到天荒地老。現在我想通了，沒必要了。」

范衛衛將手中的欠條撕得粉碎，一揚手扔到船外，紙片和雪花融為一體，分不清哪個是紙片哪個是雪花了。

「誓言終究會飄散在天地之間。」范衛衛的精神忽然好了許多，她擦了擦了臉上的淚水，「好了，笑過哭過的人生，才是完整的人生。商總，我想入股拓海九州，沒有別的想法，只是出於商業合作的需要。」

「歡迎。」

商深紛亂的思緒在范衛衛將他的欠條撕碎扔到雪中的一刻就瞬間歸位了，恢復了理性和平靜，朝范衛衛伸出了右手，「我代表拓海九州董事會，歡迎范總的加盟。」

作為擁有絕對控股權的商深，他的承諾就代表范衛衛入股拓海九州已成定局。

「正好畢京也在，就一次把話說明白。」范衛衛扭頭看向畢京，「畢

京，我會從未來製造撤股，等方便時，我們核算一下。」

畢京面如死灰，儘管他明顯感覺到范衛衛對他的冷落，但他仍對范衛衛心存幻想，畢竟他和范衛衛還有共同的事業。但現在，范衛衛入股拓海九州，又要從未來製造撤股，等於是他連借工作之便和范衛衛接觸的機會都沒有了。難道說，范衛衛真的和他有緣無分？

不行，他深愛范衛衛，愛到了骨子裡，他不能沒有范衛衛……畢京眼睛轉了轉，決定鋌而走險了。

「可以，既然范總決定了，我也不好再說什麼。回頭我會籌集資金，儘快兌現范總的股份。」畢京微微一笑，笑容平靜，似乎絲毫沒有受到商深和范衛衛剛才深情相擁的影響。

「謝謝畢總。」范衛衛客氣地稱了畢京一聲畢總，又朝葉十三說道：「也謝謝葉總，如果沒有葉總今天安排的聚會，我和商深可能還在彼此相害。我現在想通了，既然不能彼此相愛，起碼不能彼此相害。」

「不客氣。」葉十三笑了笑，「你和商深相逢一笑泯恩仇，只是我邀商深見面的副產品，不是我的初衷，所以，不用謝我。」

「既然衛衛和商深都相逢一笑泯恩仇了，十三，你和商深也可以握手言和了吧？」畢京舉起一杯茶，「來，千秋大業一壺茶，以茶代酒，祝願我們兄弟相親，事業有成，攜手同行，大展宏圖。」

商深、葉十三和范衛衛都舉起了茶杯，四人的茶杯碰在一起，清脆作響。

雪，更大了，又起風了，風雪交加，打在船頂之上，砰砰直響。

「商深，我下一步到底該怎麼走，你出個主意。」葉十三談到了正題，「我現在很苦惱，走，不甘心；不走，不開心。」

畢京起身：「我到外面透透氣，好久沒見過麼大的雪了，我去賞雪，也許可以即興賦詩一首。」

幾人笑笑，都知道畢京有時喜歡附庸風雅，也就沒有在意。

畢京下了船，踩在冰面上，積雪的冰面咯吱作響，在漫天飛舞的大雪的映襯下，更顯空曠寂寥。

若是平時，畢京還真會詩興大發，即使不賦詩一首，也會吟詩數首，現在就有幾首吟雪的詩在他腦中呼之欲出。只不過他現在無心吟詩，比起吟詩，他有更重要的事情要辦——事關他一生的大事。

幾天前，他接到了黃廣寬的第一批貨——電子配件和電腦散件，若按正常的市價計算，至少五千萬人民幣以上，黃廣寬卻只收他一千萬，而且還允許三個月後付款。

如此大方的手筆，畢京自然明白黃廣寬的用意，他當即回覆黃廣寬，讓黃廣寬靜候他的好消息。

在葉十三定下元旦要邀請商深在昆明湖相聚之後，畢京就暗中通知了黃漢。黃漢現在是黃廣寬的軍師兼管家，幾乎黃廣寬所有經手的生意，都由黃漢來管賬。換句話說，黃漢掌握了黃廣寬的財政大權。

在寧二向黃廣寬透露了黃漢和畢京要密謀謀取他的財產之後，黃廣寬就對黃漢多了提防之心。黃漢似乎也察覺到黃廣寬的防範，有意讓出部分權力，讓寧二和他一同經手帳目，還拉上了朱石，等於是原先一個人管理的帳目，現在要三個人同時過目才行。

黃廣寬就放心了，還暗中叮囑朱石和寧二看緊黃漢，如果黃漢只是說說而已，還和他一心的話，他就給黃漢一個悔過自新的機會。但如果黃漢仍心存二心，他會讓黃漢生不如死！

黃廣寬不但不信任黃漢，也不信任畢京。但還送給畢京價值五千萬的配件，就是為了迷惑畢京，好讓畢京成為替罪羊。畢京和商深不和，如果商深出了什麼事，證據又指向畢京的話，畢京就是背黑鍋的最佳人選。

在得知葉十三和商深會在元旦聚會時，黃廣寬派出了黃漢、寧二和朱石三人，連夜趕往北京，準備布下天羅地網，好讓商深插翅難逃。

黃廣寬的如意算盤是，就算黃漢有異心，有寧二和朱石監控，他也只能乖乖聽話。一旦商深出了事，所有的證據都會顯示是畢京和黃漢對商深出手，和他沒有半點關係。

請續看《當代商神》10 隱形商神

當代商神 9 今世五霸

作者：何常在
發行人：陳曉林
出版所：風雲時代出版股份有限公司
地址：10576台北市民生東路五段178號7樓之3
電話：(02) 2756-0949
傳真：(02) 2765-3799
執行主編：朱墨菲
美術設計：吳宗潔
行銷企劃：林安莉
業務總監：張瑋鳳

初版日期：2018年12月
版權授權：閱文集團
ISBN：978-986-352-640-7
風雲書網：http://www.eastbooks.com.tw
官方部落格：http://eastbooks.pixnet.net/blog
Facebook：http://www.facebook.com/h7560949
E-mail：h7560949@ms15.hinet.net
劃撥帳號：12043291
戶名：風雲時代出版股份有限公司

風雲發行所：33373桃園市龜山區公西村2鄰復興街304巷96號
電話：(03) 318-1378
傳真：(03) 318-1378
法律顧問：永然法律事務所 李永然律師
北辰著作權事務所 蕭雄淋律師

行政院新聞局局版台業字第3595號 營利事業統一編號22759935

定價：280元　　特惠價：199元

國家圖書館出版品預行編目資料

當代商神 / 何常在著. -- 初版. -- 臺北市：風雲時代, 2018.07-　冊；　公分

ISBN 978-986-352-640-7（第9冊；平裝）

857.7　　107007803